張耳 散文詩集

這還
不是

早晨

如新葉，抱寒破空而出
在別人未說時，我先說

　　　　　──周夢蝶

葉上言語所能照明的脈絡
是我們僅有的世界

　　　　　──梁秉鈞

序　與自然建立新關係

鴻鴻

紐約的熱帶颶風桑蒂把老太太地下室裡經年累積與朋友家人的書信全部沖毀。老人痛不欲生，「我的一生，全完了，白活一世。」女兒見媽媽如此悲哀，在網上發貼，告訴大家母親的痛苦。老人在一個月之內，收到了兩萬多封信，從世界各地郵寄來，各式各樣，手寫的、列印的、帶圖畫的。

看來還不能對同類完全失望。

這篇〈帶圖畫的〉記事，出自旅美詩人張耳的新詩集《這還不是早晨》。一句結語，就把荒謬而殘酷的世界與人為的努力（雖然毫不對等）做了類比與評斷，令人一讀難忘。

張耳生於北京，二十五歲時赴美定居，如今在美國居住的時間，已經超過在中國的前半生。然而她仍以中文寫作，在兩岸及

美國出版詩集，也從事中英詩的翻譯，並合編過雙語的中國當代詩選，還曾兩度來台參加臺北詩歌節。

　　張耳不姓張，取這筆名，或許是希望更大幅度地向世界的訊息開放。因為眼睛還能選擇焦點與方向，決定該看不該看、想看不想看的景物，耳朵卻是任何動靜，都只能照單全收。她1999年出版的《沒人看見你看見的景致》就有一輯同名的散文詩，像是自由聯想的「無內容寫作」，卻無比從容，簡直是引人遐思的聲音藝術。

　　隨著閱歷漸深，她的寫作越來越無拘絆，這本最新的詩集就是明證。張耳饒富興味地看著每天行經的草木、標語，也記述著報章雜誌上的逸聞與隨想；有瑣細的家居生活，也有歷史及政治的批判。很難說她寫的是不是詩，因為她下筆文體自由：有分行詩、散文詩、植物辭典、甚至健身指南。但無論怎麼寫，通篇都帶有隨興的詩意，顯得詩與生活毫無間隙，極其自然地相容。也可見出詩人不在乎既有的標準或規範，只在意如何給自己最關切的物象與心思，找到恰當的表達方式。

張耳酷愛植物，還在詩集中為家裡及附近林間的草木羅列清單，「它們屬於自然，也屬於歷史，有故事，有詩，還包容更多」。對她來說，植物當然有感覺，不信請看酢漿草：「有人計算過它6分鐘合攏，30分鐘伸展。誰說植物沒有感覺不能運動？」

　　尤有甚者，她把文學視為精心構造的人工道路，「而森林在沒有路的地方，在另一空間，那裡沒有現成的語言。這也許就是詩的真諦？」張耳打破詩語言的約定俗成，另闢蹊徑，或許正是對「自然」的一種追隨？另一種趨近「真諦」的嘗試？就像赫塞說的：「森林裡沒有一棵樹不美，因為每一棵都有不同的樣子，依它自己的需要而生長。」我覺得張耳的寫作迄今，已經到了「沒有一首詩不美」的境地，也就是說，每個意念都找到自己生長的需要，於是也更貼近「自然」了。

　　台灣近年盛行的「自然寫作」，張耳的詩庶幾近之，尤其面對自然，不是出於玩賞、或視為人類心情的寄託，而是敬畏與珍惜。例如大家熟悉的「采菊東籬下」，張耳認為仍是以人為中

心，「『東籬』由於人工的建樹，『采』也是人手的暴力。只剩下一個『菊』字，還可能是豔麗的園藝品種『江西臘』。『南山』顯然很遙遠。自然在這裡成了為人所用的風雅，兼有可以逃遁的派場。」秉持這種心念，張耳的自然寫作，把人縮到最小，卻展現了深刻的人文省思。她甚至把人最強韌的品質視為與樹類同——在描述紐約的多元族群時，詩人舉出一株老柳樹，揣想那是移民從家鄉河邊折下的嫩枝：「正插活倒插也活」。

張耳跟陶淵明雖然「派場」有別，心境則一。她蒔草、下廚（自嘲「做了母親的灰姑娘」）、散步（看到街上廣告也津津有味地浮想聯翩）、讀報（像是前引〈帶圖畫的〉），不追求冒險（雖然也四處旅行），卻在最平凡的生活中，實踐與自然合一之道。例如她寫給大家的〈每日健身法〉，簡直是「行動詩」的最佳範例：

推開窗戶，如果窗戶推不開，就走出門，別帶手機和任何有開關的電器。走3分鐘，數自己的呼吸，找一個另外物種

的活物（植物動物真菌昆蟲均可），仔細觀察6分鐘，再用3分鐘把觀察到的，不通過電器，口述給另一個人。（12分鐘）

以筆耕來比喻，張耳認為學術政論新聞報導等等是主糧，小說散文戲劇是蔬果，而詩，則是一座花園，無法增添營養，「只是讓人在花園裡漫步體會到生命之美、之悲、之神聖、之平凡、之短、之長、之甜、之苦和其他層次。」然而，體會生命之層次，是最難的，所以詩人總是「知難而進」。這個頑強的信念，讓張耳勇敢地張開耳朵，容納世間一切。

目次

這還不是早晨

這還不是早晨

這還不是早晨

此時無風

樹林沉默著，鳥鳴，本地紅松鼠尖叫著向我示威，蒼蠅和蜜蜂嗡嗡，木結構的老房子在清晨的陽光下吱吱嘎嘎，通勤的小飛機毫無忌憚地留下一陣轟轟隆隆，鍋臺上的咖啡壺自動加熱，開／關，兩匹家貓從窗外走過。這時候更意識到樹的沉默。何況此時無風。

「自然」詩現在應該怎麼樣寫？

人和自然的關係表現在詩裡的，也就是中國文化的「地氣」，可能為我們提供最可靠的體驗和態度。秦風蒹葭篇，通篇幾乎都是自然景色，「所謂伊人，在水一方」，和一千年後的「采菊東籬下」，已經有很大不同了。前者，人很渺小，在自然力的左右之中，天水一色，長草蒼蒼，哪怕真是佳人，也「宛在水中央」，跳不出環境的掌心。人對自然是敬畏的。後者則不然，人很高大，很中心，「東籬」由於人工的建樹，「采」也是人手的暴力。只剩下一個「菊」字，還可能是艷麗的園藝品種「江西臘」。「南山」顯然很遙遠。自然在這裡成了為人所用的風雅，兼有可以逃循的派場。敬畏之心蕩然全無。

兩千年後的今天呢？當我們不自覺地毀了我們能夠得以健康生存的生態循環，才認識到我們很快就會隨著惡化下去的環境滅亡的前景，又不甘心眼看這些美麗的自

然景物一去不返。我既無法像國風歌手那樣被自然主宰，而罪孽，悲哀，惋惜，還有一定要為如此美麗而造像的「亡國民」心情，也讓我無法像陶淵明那樣忽悠自然。那「自然」詩現在應該怎麼樣寫？我們已經無處逃循……

這詩可能是我們最後的輝煌？南山上最後一棵樹？

人還能走多久？

只要有人在花園裡走，就沒有自然的風景。彷彿是一個
駁論。也是一句詩。或是一本書的開頭。書寫完了，最
後一句是「人還在走」。

報載，又發現比「露西」更早的類人骨骸。也是在非洲
的埃塞俄比亞。三四百萬年前。他們走在樹林裡，沒有
我們走得省力，但比我們善爬樹。問題是在沒有樹的地
球上，人還能走多久？紐約曼哈頓六百年前是個有水有
草有樹有野生動物的極樂園。現在是人和人的建築，包
括人的花園和行道樹。

所以在北海你說，「我們上山」，我就笑了起來，公園
裡的風景需要想像力填充。還是看月亮吧，在那兒能看
到我們想看的一切。

不結實的宴席

季節開過花後還是綠的，四處
就唱起深色的忘卻。海棠
被酒灌倒，屋檐摟著屋檐
看人間杯盞丁丁當當地鋪張：
結實的宴席，不結實的悲傷
虎尾草的新娘脫下繡繡緊的九月
那麼害怕夜晚，那麼劈啪四濺
抓起透不過氣的所以所以，鑽研者
用最粗的力氣沙啞斥責，連帶梯子
架著山峰，只一根繩，遊蕩在
秋日的雲朵上。彷彿是地黃的歌
在一片高牆上奔走，把莊稼的種粒
蒸發成酒和漆黑的氣候。扳手顫慄
轉個沒完。一起上桌，一起奮鬥。

副歌：

不結實的宴席，結實的悲傷

看人間杯盞丁丁當當

丁丁當當

花

春——
奪目的笑齒閃爍
在致命的風塵霆雨中
此起彼伏

夏——
肥瘦不論的時候
才學會享受蜜蜂嗡嗡，蝴蝶雙雙
香

秋——
並不羨慕對酒成三人的
恣情。登高也罷，舞劍也罷
肥蟹佐生薑，你我他，翠菊

冬──

下載的桌面，爭不過

窗外松枝挑雪，抖擻精神

正因為環境的溫度一降再降

誰說植物沒有感覺

酢漿草（*Oxalis Corniculata*），又叫三葉酸草，酸母草。走到園子裡看北美的品種，紅杉酢漿草（*O. Oregana*）和薩克斯朵夫酢漿草（*O. Suksdorfii*），前者一分硬幣大小的葉片蔥綠，開帶紅色細脈的白花；後者橄欖綠的葉片小於前者，開純色黃花，與中國酢漿草極像。酢是醋的古字，兩字古時通用，念ㄗㄨㄛˋ，又念ㄘㄨㄟˋ；除了做調料和酸的意思，還有客人以酒回敬主人一講。摘下柔弱的嫩莖和背面毛茸茸的倒心型葉片一嚐，果然一絲酸味清清，有機化學課上草酸的味道。中文觀花手冊上說可以用來擦銅器，使之光亮；全草入藥，有清熱解毒，利尿和消腫的功效。北美土著印第安人和法國人，都在涼拌菜裡生吃酢漿草的嫩葉，雖然草酸吃多了有毒。

此地紅杉酢漿草在樹林蔽蔭的底層生存，三扇倒心型複葉時展時攏，有書說是根據陽光強弱，又說是根據雨

水多少。夜間或陽光直射，雨水過大的時候葉子向下對折，有人計算過它6分鐘合攏，30分鐘伸展。誰說植物沒有感覺不能運動？

天然地被

老鸛草（*Geranium erianthum*）與花壇上常見的天竺葵可以說是姊妹。長相一個是醜小鴨，一個是白天鵝，不懂園藝的人看不出來她們是一家。多年生草本的野生老鸛草長脖細頸，葉片細碎像羽毛一樣深深分葉，有毛茸茸的手感。花開單瓣，冷色，從白、粉、紅、紫到藍色，有的還帶著深色紋脈，從春到夏末一茬接一茬。匍匐於地，適應性極強，陽光下花繁葉茂密密扎扎；陰涼處長手長腳疏花稀葉爬成一片，不怕旱，更不要你上肥修剪，還會把每朵花結下的一粒細長的種粒，像彈球一樣自動彈出去，創造新生的機會，幾年過後就鋪成花園裡的天然地被。

叫菜就意味著可以吃

紫花地丁是菫菜（*Viola*）的一種，也有譯成紫羅蘭。菫菜全世界分布有多樣種類。叫菜就意味著可以吃。花和葉都能生吃，糖漬花可以放入蛋糕，葉可烹湯。全草藥用，有的清熱解毒，排膿消炎，有的能做瀉藥，止咳袪痰。光我看到過的就有十來種，早春時節，有的開紫花，有的開黃花，有的開白花，有的開粉紅花，還有開藕荷色的花，葉子有厚有薄但都是心型，歐洲人把她想得很詩意，用來比喻愛情。最近有朋友告訴我，古字「菫」通「謹」，意思這菫菜要慎用，而此地幾個北美第安人部落對她就有不同禁忌，比如不能把單枝的花帶回家；秋天開花預示瘟疫，家裡要死人；把菫菜花餵了雞，雞就不下蛋等等。菫菜靠自己把多枚成熟的種子爆炸性地發射出去，靠螞蟻吞噬搬種子去遠處，也能在土裡開不顯花自我受精地繁衍。總之生命力極強。

蒲公英也叫黃花地丁（*Taraxacum Mongolicun*）和菫菜不是一類，卻也全草入藥，清熱解毒，消腫散結，也可食用。嫩葉可生吃也可熟吃；根可燉肉，也可曬乾後碾粉做咖啡代用品，花可釀酒，全草沏茶。不過蒲公英處處生根，不分土地是否綠色，說不準含有重金屬，農藥，廢氣廢油，化學添加劑，所以路邊長的還是不吃為好。

森林在沒有路的地方

「我的森林」是個假命題。英國小說家約翰‧弗雷斯（John Fowles，1926-2005）在1979年寫了一本中篇散文，《樹》（The Tree）講森林與藝術的關係，自然與人的意識的關係。我被他用語言開闢的林間小徑迷住了，夏日裡蔭涼森森，景致清新，走出林子才意識到這還只不過又尋著另一處人工的建築亦步亦趨，雖然弗雷斯的路修得精心，修得文采熠熠，地基結實。而森林在沒有路的地方，在另一空間，那裡沒有現成的語言。這也許就是詩的真諦？

做了母親的灰姑娘

食指的紫葡萄已經被他自己收穫成甜香的南瓜。灰姑娘也早已嫁給王子，榮升皇后，整天在廚房洗洗刷刷。可廚房外面園子裡還是雜草叢生，無名的野花兒肆意嬉笑園丁的無能。無名是說我不確定它們的名字，而在植物志上野花兒野草有自己的名字，有的還不只一個，還有不只一種的食用藥用好處。比如，野生車前，多年草本，長卵形厚厚的綠葉伏地而生，非常皮實，在院子裡鏟也鏟不淨，道邊，磚縫裡，菜園壟間，花間小徑，好像手越扯，腳越踩，車越碾，它長得越歡，人走到那兒，車前就跟到那兒。中文名字很形象而且有動感，嗨，它老跑得比你的車快。黃綠色穗狀小花不起眼，結的籽就是車前子，葉和籽均入中藥，內服有利尿止瀉的作用。英文有很多名字，其中之一是Waybroad，「路邊的闊葉」，再有就是The Mother of Worts，「百草之母」。西方人幾個世紀以來用它搗碎的葉子外敷，有止血收斂，抗炎防感染的效果。由此想到拄著雙拐，多產

的蘇州詩畫家車前子，想到「蒸不爛、煮不熟、槌不扁、炒不爆、響噹噹一粒銅豌豆」的元代三等賤民大都詩人關漢卿。想到食指的新詩集。想到做了母親的灰姑娘繼續在廚房洗洗刷刷。

與蕭紅們比

與蕭紅們比，現在的女作家幸運多了。有工作，有飯吃，有衣穿，還有不少雙結實的鞋子，也不要躲空襲，雖然我們也有不忠或不中用的男人，靠不住的朋友，被男性忽視，被同性嫉妒，說話更要小心，稿子沒處發表，書要自己付印。

用寫小說的外在框架，用寫詩的筆法。七十年後蕭紅還有看頭，就在於她詩意的筆法，而那些悲慘的故事，淒涼的世界，畢竟離我們遠了。

抄蕭紅的《沙粒》

1937年1月3日原作於東京。

之二十

生命為什麼不掛著鈴子？
不然丟了你
怎能感到有所亡失。

之二十七

可憐的冬朝，
無酒亦無詩。

之二十九

失掉了愛的心板，
相同失掉了星子的天空。

之三十二

偶然一開窗子，

看到了檐頭的圓月。

之三十三

人在孤獨的時候，

反而不願意看到孤獨的東西。

之三十六

只要那是真誠的，

哪怕就帶著點罪惡，

我也接受了。

有心將這些點滴譯成英文，又不知除了我，還有誰會愛
這些由衷的細膩的本色的心跡。短短三十一年戰亂中
的生路上，她留下了多少感天動地，卻又清純如水的真

品。也想寫一部歌劇，就叫《蕭紅》。「我將與藍天碧水永處，留下那半部《紅樓》給別人寫了」，是她最後的遺墨。說真的，她幼年喪母，為逃婚離家出走，蕭紅的一生比林黛玉苦得多，何況她的命運與民族的命運生死交織，從而更加驚心動魄。曹雪芹過了，如今捨我（女詩人）之外，還有誰來為她寫？

診

春──
哪裡花事
如此炫目？牙痛預告
不如重櫻花期準確。

夏──
大汗淋漓的隊伍有老有小
在候診室裡相互鼓勵
拔牙先拔一邊，再等一遭。

秋──
把脈，查血糖血脂血細胞
暴露的創傷平復沒有？不妨
依嘴形的元素，先作牙模。

冬——

用功地細細研磨，咬下去
甜酸苦辣落在心裡
磧熟生活的酸菜。

精神的愉悅

你說中國文化意識的精神性很弱。儒道釋對你沒有說服力。我猜測這是你受洗的緣由之一？中國人發明了火藥，去玩鞭炮；用微型高效電池裝在陀螺上，自動地飛旋閃光歌唱，博孩子一樂；激光教鞭從嚴肅的報告會跑到後海荷花市場變成魔幻的激光萬花筒。國人吃吃喝喝，不論多嚴肅的問題，多有情趣的討論，都在飯局上進行。單純淺薄。西方人週末全家去教堂，中國人逛公園上飯館。有神律的世界，個人沒有太多的心理負擔，只要我信祂，以祂的名義做什麼都有根據，都不必猶豫，也不必考慮人際關係。教堂一禮拜，心裡就擺平。況且還預付了未來住天堂的分期保險。而自律的世界要求極強的自我克制和修煉，自我界定把握倫理，判斷自己的行為。中國人即便求神念佛也不過像上醫院、去銀行一樣地只為解決眼前的實際問題。生活中種種個人無法控制也無法擺脫的磨難，以及人的終極問題，基本要自己排解負擔接受，沒有強健的精神和心理耐受力，難

為中國人。所以國人需要分心的玩意兒。活著的目的除了傳宗接代，完成對社會對家庭的責任，就是愉快，就是享受美食美味，就是能忘乎所以地玩。「無邊落木蕭蕭下」的景致在紐約還要等上一個月，「百年多病獨登臺」在世俗世界需要很大勇氣，排除不少困難。然而杜甫當年登高的目的，寫登高的目的，我猜也是為了精神的愉悅。

神性的反省

你問為什麼西方人對簡明的唐詩感興趣、對磅礴的楚辭卻不感興趣。王維的一首〈竹里館〉有不只九種收入選本的譯文，而提起屈原，西方詩人幾乎異口同聲地問「誰？」有可能因為能讀懂前秦文學的漢學家少，屈原的詩記載太多的神仙，古事，文化細節，動植物古名古字，況且冗長，所以難譯。也有可能屈原所代表的楚文化被中原文化戰勝了，處於劣勢，不被西方人認為是正宗的中國文化遺產。更有可能屈原的神話世界在西方人眼裡與希臘神話世界雷同，雖然東皇太一與山鬼和宙斯與阿佛洛狄妮只有表面的關聯。而公元八世紀寫下的〈竹里館〉和〈春望〉，其佛性、其人性，在西方文化中只有到了現當代才引起共鳴。能不佩服嗎？能不肅而起敬嗎？能不翻譯學習嗎？別人有自己沒有的東西才有意思，可見物以稀為貴，倒是放之四海而皆準的心態。中國當代知識藝術界仰慕西方中世紀的宗教意識，和美

國藝術界最新抬頭的對神性的反省，是不是也出於同樣情理？

說到神性，中國的龜卜，易算，伴著巫盼、巫咸、巫彭、巫抵、巫凡早都過去了。夏尚黑，商尚白，凡黑白事必占卜，向神請示。到了尚赤的周，理性抬頭，對鬼神的祭祀演變成禮的一部分，不再是主宰人事的全能信仰。那時離耶穌的誕生還有上千年。

帕特的石版

因為空白，所以可以百般詼諧。我們每個人只能從零開始。兩把小提琴在高音區的翻來覆去相互追逐，樂隊等在下面托住底盤。急迫地前進，行進，從頭走，走回頭。不可能是另外的遊戲，另外的聲音，另外的構圖，另外的生活。

用語言講述不可說的真，用小提琴唱出世界的空曠和無聲。只保存自己一腔希望的歌喉，好像遠遠不夠，盈眶的眼淚也難溶化內心的冥想，或擦拭在我們之外無語的完美。美國紐約詩人阿什伯瑞（John Ashbury）寫過，「留下不寫也許是另一種更真的方式」。老子說，「大音希聲」。然而，誰能不讓小提琴演奏，不讓世界空曠，無聲，不讓真善美來慰藉我們短短的一生？一生。

——聽阿爾沃‧帕特（Arvo Part: Tabula Rasa）

巡洋艦的三步曼舞

巴赫的艱難不只在於他寫下的豐富。更在於他留下的空白太少。寫滿的樂譜上再彈撥再急促向前，只能不和諧地破壞。三拍子的曼舞中對稱霸世界的巡洋艦的夢想，不可能不改變在場者所能體會的節奏和旋律，很有可能就會把三拍子的曼舞從浪漫塗成裝假的紅唇。我們可以模仿別人，可以超越別人。可是如果現在面對這個世界，從零音節開始，我們將唱什麼？怎麼富有誠意地跳稱霸世界巡洋艦的三步曼舞？

這還不是早晨

雨

春——
點點滴滴綠上樹梢
乍醒來，細枝短葉
長的是日子。

夏——
定量統計，或多或少
總不夠理想。卻無人體會
深淺，甜鹹，薄厚，心情。

秋——
與收成關係不大，所以
僅收入詩句，令樹根
返潮並幽思不已。

冬——

誰比得上你的閃爍

六角八角怎麼看怎麼透亮。只是

一旦結晶你就不再滾動。

家雀

陽臺上的藍莓早已過季，被家人和家雀吃光。家人的意義很明確；家雀則不然。這裡的藍雀，紅胸脯的知更，還有烏鴉都愛藍莓，一反常態地不聲不響地站在陽臺的木欄上察看動靜，見四下無人，則飛落在藍莓叢上一粒一粒地啄食。偶爾一隻藍雀吃得高興不小心歡叫一聲，把家人召出來轟走家雀。知更和烏鴉卻從來不犯這種錯誤，常常在早上人還沒睡醒的時候就悄悄地把當天成熟的莓子吃淨了。家雀們雖然出入在人住的家附近，並不是人的寵物，反而是利用人的生活習性，生產方式為自己謀生的野鳥。在屋檐下做窩的黑頭黑眼睛的小雀junco，把掛在牆上閒置的魚網墊上細草和家貓家兔脫落的細毛，變成了自己的鳥巢。一個春夏就養了三窩小鳥，每次四五隻小junco，可謂繁殖力強健。園子裡植養或野生蔓長各種花草的漿果蒴果，尤其是耐旱的從春到夏末不停地開花結果的乳漿大戟的籽，就成了牠們的育兒食品。藍莓過了，花園邊上野生的苦櫻桃熟了，那

一樹在陽光下閃著紅寶石光亮的果實，太誘鳥了，小拇指指甲大小的紅果又苦又甜，也有人採來做果醬榨果汁，但樹太高，果太小，對家人說得不償失，對家雀則是美味佳餚。就看見一樹的紅寶石伴著一樹的鳥。城裡常見的麻雀，更是名副其實的野鳥，寧願餓死也不被人在籠子裡豢養，卻毫不猶豫地在家的院子裡，在車水馬龍的街邊，在人聲喧鬧的候機大廳啄食。

「紅莓花兒開」

「紅莓花兒開」，是小時候聽媽媽唱過的俄國愛情歌曲，文革中少年少女手抄本上的禁歌。可始終沒搞清，那紅莓是種什麼果子。楊梅，草莓，也是紅的。後來到了北美見到超市上昂貴的raspberry（覆盆子？），空心兒的，指頭尖大小，表面有半透明顆粒的，半球形的莓子，紅得可愛，吃起來又酸又甜，覺得更像被詠唱的紅莓。搬到美國西部，院子裡外，林邊山坡上才認識了野生的紅莓，一蓬蓬生滿倒刺健壯的青色枝條在陽光下閃著白亮，彷彿一把把利劍插在地上，草綠的碎葉背面和枝條也一樣是白撲撲的。要摘莓子可不容易，全心全意還要小心翼翼，不然弄得血肉模糊比得上紅莓殷紅的汁液。看來選紅莓比喻情愛，有植物學的根據。

野鳥高高在上看著人的笨樣，耐心地等人離去。

47

雜草的野性

花圃裡每年越長越旺，鋤也鋤不盡的伏地老虎草（毛茛）屬多年生草本。葉片圓形或五角形，深綠葉子的深裂尖銳，與金黃圓潤閃亮的五片花瓣構成鮮明的對比。中醫外用全草發疱疹，治眼疾，鮮根搗爛擠出橙黃色的汁液，有腐蝕性可用來除疣去雞眼，也可以敷於患處治淋巴結核。好像也能做農用殺蟲劑。英文又稱作buttercup，黃油杯，從歐洲移植進入新大陸的和本地原生的，在路邊河邊有太陽的潮地長成一片，鮮亮的小花兒非常愛人，可只要你把它們摘下來，不出五分鐘就無精打采失去潤澤了。為什麼中文叫老虎草？五片花瓣像老虎的腳印？金黃的花兒顏色像虎皮？還是該草像老虎一樣性情凶猛，在花園裡不時覆蓋侵襲植養的園藝品種？或者根子汁液腐蝕性強壯像老虎能咬人一口？還是和老虎一樣只能看不能帶回家，野性難馴？野生老虎難得一見，現在和後來的人也許靠了這雜草的野性，還能喚起對老虎腳印，老虎色澤，老虎野性的記憶？

一首好詩

革命軍人個個要牢記，三大紀律八項要注意。

第一一切行動聽指揮，步調一致才能得勝利。

第二不拿群眾一針線，群眾對我擁護又喜歡。

第三一切繳獲要歸公，努力減輕人民的負擔。

三大紀律我們要做到，八項注意切莫忘記了。

第一說話態度要和好，尊重群眾不要耍驕傲。

第二買賣價錢要公平，公買公賣不許逞霸道。

第三借人東西用過了，當面歸還切莫遺失掉。

第四若把東西損壞了，照價賠償不差半分毫。

第五不許打人和罵人，軍閥作風堅決克服掉。

第六愛護群眾的莊稼，行軍作戰處處注意到。

第七不許調戲婦女們，流氓習氣堅決要除掉。

第八不許虐待俘虜兵，不許打罵不許搜腰包。

遵守紀律人人要自覺，互相監督切莫違反了。

革命紀律條條要記清，人民戰士處處愛人民。

保衛祖國永遠向前進，全國人民擁護又歡迎。

「三大紀律八項要注意」已然變成了一首好詩。

雷

春雷——
響過之後
關於種樹的話題重綠，希望
悄悄把水仙花拈亮。

夏——
毒太陽下被驅趕的女神
抬頭，暴巫的鼓聲
瘋了。她揮淚如雨。

秋——
有什麼關係？等不來
收成或收割機，等來了
八月十五的月亮。

冬——
疑惑懸置心中，爐火裡
劈啪作響，疼著桔梗
關於明年的話題

藝術是為什麼服務的？

《尼克松在中國》是當年的舊聞，也是一部優秀的現代歌劇。作曲、編劇和首演導演都是美國人。女詩人兼神學家愛麗絲·古德曼在八十年代末寫劇本的時候還不到三十歲，卻能準確把握堅信共產主義抑或資本主義頂尖人物和平民百姓，從冷戰時期國際格局的變遷，寫出全人類的心態和嚮往，出神入化。作曲家約翰·亞當斯的處女歌劇音樂更上一層天，融合現代音樂和古典精神將毛澤東、江青、周恩來與尼克松夫婦一起載入藝術青史，傳為神話。美國文化的底蘊不可不令人欽佩。二十年來該歌劇在世界各地上演，聲名日增。不知何時北京的大歌劇院能走出傳統劇目，讓中國觀眾欣賞這部名作。藝術是為什麼服務的問題也就有了答案。

海的憐憫

「大海航行靠舵手」這首歌，怎麼成為「林副統帥」的代名詞和敬祝語？那時候太小，只記得在學校和公共場合唱過。家裡堂屋也在牆上畫了紅太陽，是不是也像在公共場合，與家人站成一排，面壁唱頌歌，卻記不清了。林副統帥苦心韜晦，到了還是沒能跳出極權制度的掌心。「五七一工程」是執政黨內沒有言論自由的結果，走的還是「槍桿子裡出政權」的老路。血腥的路。林副統帥也倒在路上，為了共產主義犧牲了個人最大的利益。專制和暴力革命是條死路，東歐和蘇維埃的實踐和當今中國的政治困境，用幾代人的血淚驗證了這是條代價巨大的歧途。那麼，大海航行靠什麼？需要舵手，還需要很多硬件和軟件，天氣，人氣，星辰導航，海的憐憫。

年輕詩人麥科昂

年輕詩人麥科昂，就是郭沫若，在上世紀三十年代的文壇筆戰，霸氣十足地對自己的對手宣布「那沒有同你說話的餘地，只好敦請你們上斷頭臺」，為後來他自己衷心擁護毛澤東的血腥獨裁埋下了伏筆。從少見老，文如其人卻都是老生常談的俗話了。所以看目下詩家在網上的罵戰，有時不寒而慄，我們要有做人的底線，要給人留下說話的餘地，不能再重複以言論治罪的歷史。以言為天的詩人更該格外小心地捍衛別人說話的權利。

櫻桃無心無肝

天才詩人聞一多在上個世紀三十年代對新詩格律的建設性試驗和議論，現在看來太心急也太超前了，所以沒有被後來者的實踐印證。心氣太足，作為一介書生，也低估了民國政治的黑暗，自己沒能改天換地重建詩的家園，反被中國那一潭被他蔑視為「死水」的漩渦淹沒。實在是近代中國詩壇最令人痛心的夭折。今年園裡二月就開了花的卞氏櫻桃，被三月的凍雨和大風折磨得一果未落。好在沒傷筋骨，除去被黑尾鹿啃掉了靠下邊枝杈上的葉子，不怎麼美觀，它把養分和時間都用來長粗長高，想必明年後年一定會有落果的希望。「留得青山在，不怕沒柴燒」這還是從人的視角講話。櫻桃無心無肝，又不能躲風避雨，易地而生，反比有心計有情感有能動性的人，富於適應性和對付險惡環境的能力。令人感慨。後來者企圖再次穿越「死水」，能不能從活樹枝頭學到什麼？

「詩總是最難的」

北京大學新詩評論家謝冕教授在紀念新詩百年的文章裡寫過，相比其他文學形式的更新，「詩總是最難的」，這話很令人回味。如果按慣例把寫作比作耕耘，詩人播種收穫什麼呢？稻穀小麥大麥玉米土豆高粱屬於頂飽的糧食，理當首推學術、政論、新聞報導之類大塊文章；水果蔬菜提升口味，增加生命必需的微量礦物質維生素，可與小說、散文、戲劇警世娛樂昇華的功能相稱。詩呢？是個花園吧？除了提示、暗示字與字之間相互關係的滋味和感覺好像沒有給生活增添具體的營養，只是讓人在花園裡漫步體會到生命之美、之悲、之神聖，之平凡，之短、之長、之甜、之苦和其他層次。「一朵玫瑰是一朵玫瑰是一朵玫瑰」，斯坦因把詩的特性概括得很露骨也很徹底。改良糧食水果蔬菜品種固然不易，但畢竟與生計有關，有迫切性，有實用，從而也有衡量改良結果的標準，所以不乏財力物力人力的投入。詩呢？只能在人吃飽吃足之後才能有興致去品味去感覺生活；

有了豐富的生活才能體會生命之層次。中國以往的等級社會裡，詩是關在朱門裡的私家花園，詩人自己往往不是達官貴人也是失了寵、罷了官、退了休的達官貴人，或者是達官貴人的妻女情婦。現在平等社會，公家還沒自信到肯花銀子讓百花齊放（包括毒花毒草）的地步，百姓生活也還沒豐富到要體驗其中各種滋味的地步，詩的公園別說改良品種，連澆水施肥的園丁都開不出薪津。除了有限幾種門面光鮮的傳統花色被剪下來插瓶作裝飾，眾花仙不甘心關在園內自生自滅，紅杏出牆，逃之夭夭，經風雨見世面，與牆外的野花不分彼此地轉基因，贏得自給自足的自由，正鮮艷地開在新闢的高速路邊，推倒的老房磚縫，休耕的徵地，停車場，污水溝，震倒的小學校牆根，在英國，在美國，在德國，在韓國，在日本，在校園，在講堂，在網上，在手機上，在影視畫面和音樂的背後。嗨，「詩總是最難的」，詩人從而是知難而進，生命力最頑強的一族。

艾蒿青青

為紀念毛澤東在延安文藝座談會上的講話七十周年，中國作家協會操持的百人抄錄事件，讓我想起比我們這輩詩人更不幸的已經謝世的詩人艾青。雖然現在的詩人邊緣化得不能靠寫詩糊口，出版難上加難，非詩人的讀者幾乎不存在，但一想到當年因言論治罪，被剝奪了寫作發表機會的艾青，與愛子一起寫完詩立馬直接餵火爐，就感慨不已──那該是種什麼心情！值得欣慰的是，這次參加抄錄毛講話的除了延安魯藝的畢業生當過文化部代部長的賀敬之，沒有一個是詩人。艾蒿青青，不是頂梁大樹也不是充饑的莊稼，卻可以製成艾絨，拔罐子灸病，比如當下知識界常見的健忘症，自虐狂，軟骨病等等。多年草本，開黃色小花，全球遍布，不愧為不折不扣的大地之子。「為什麼我的眼裡常含淚水？因為我對這土地愛得深沉……」

風

春——
沙塵暴迫使我們不得不
對抗撲面的將來。可蒙上頭巾
就更看不見樹了。

夏——
颱風，颶風，龍捲風。苦海上
蕩漾著婚紗，家用品，玩具，寵物屍體
和另外更多苦心的經營。

秋——
悲觀的詩詞太多了，幢幢
淒涼的例句。——推倒
我和了。

冬——

不是東風是西北風。雪
自然是最好不過，來年的收成
倒不一定追著我們心思。

911周年紀念日

紐約哈德遜河不能算一條小河。北起加拿大冰川，穿過美國東北新英格蘭的幾個州，浩浩蕩蕩在紐約曼哈頓島匯入大西洋。移居西海岸前，我在紐約居住的17年中有10年每天以哈德遜河為起居室的風景窗簾，可謂我窗口的一條大河。這兩年紐約人在下城沿河從五十年代就廢棄的眾多的工業碼頭上，新闢出哈德遜河畔公園，昨天是911周年紀念日，我下午去那裡散步，陽光明媚，天藍得滴水，秋高氣爽，連氣溫風向都像11年前出事兒的那天的早晨。長跑鍛鍊，騎車鍛鍊，男男女女，幾個網球場一對一全部滿客，一個籃球場分成兩半以容納更多的球手，狗運動場大狗小狗搖頭擺尾，滿場追逐歡叫，兒童遊戲場邊童車和扎堆聊天的媽媽和阿姨，蘑菇池噴水池少兒們連爬帶滾，草地上邊看書寫日記邊聽音樂的學生，林蔭下聊天閒坐的老人，河邊長椅上情話綿綿的戀人，單人划艇訓練班正在水裡上課，高爾夫俱樂部的訓練球場的人造綠地上銀球遍地開花。一隊隊衣著華麗

的船客正等著登上豪華的遊艇參加河上雞尾酒會。我隨便走走就在公園路上碰見兩個熟人，一位是智利女詩人兼表演家，正在專心地一個人做著一套獨特的健身操。另一位是個很有膽識的獨立女出版家，剛剛從紐約藝術基金評選會上出來換口氣，一個人在伸向河心長長的碼頭上疾行。薔薇還在盛開，流蘇醉魚花已經開過，叢叢培植的秋草正茂密地吐穗，夏末的松果菊、薰衣草、金光菊、繡線菊、美國薄荷、木槿、清香蘭圍著整齊精神的草坪，揮霍著各自的淡香。911下午彷彿和每個好天氣的夏末下午一樣。只有世貿區的兩棟的新樓尚未完工，高聳在遠處，依然豎著兔子耳朵似的起重機，提示著11年前的一幕。藍灰色的河水沉穩地一浪接一浪地拍打著河岸，入海。

三紋莓

「紅的花，碧綠的葉，黃的實」是周作人先生二十世紀二十年代寫的一句新詩，講他對新詩的憧憬，希望新詩能如此鮮艷地在小河邊新闢的土地上茁壯成長。用辭非常平實，非夢非幻，可仔細想想這畫面，能同時看到紅花綠葉黃果子的植物在現實中好像從未見過。即便詩人打了個時間差，把不同時出現的花和實挪到一起了，也難找到開紅花的果樹。杏、李、梨、蘋果、海棠和本地特產黃櫻桃，可以有黃色的果子，可花兒卻是雪白的，或近白色的淺粉。石榴開橙紅色的花，果子則是橙黃色的。也見過同時開花結果的觀賞石榴，給人的感覺非常漂亮，但花與實的顏色視覺上似乎很相近，沒有紅與黃的對比。石榴在北京很常見，老四合院裡，沒有棵石榴樹好像就不像個家。當時住在北平的詩人一定不會弄錯，把新詩比作中亞古老園藝品種石榴？況且，石榴喜愛炎熱乾燥的環境，河邊新壤未必適合。或許「紅的

花，碧綠的葉，黃的實」只在詩人的想像裡存在？現實中沒有的才構成必要的寫作？

北美西海岸的野生三紋莓（Salmon berry）倒是在早春二月開紫紅的花，金黃色的枝條上鮮亮碧綠的葉子和紅花並出。花落後，結手指肚大小的金黃或橙色的果實，對原著民來說很像此地名產三紋魚的顏色，味道酸甜，有點苦，是春末夏初最早成熟的莓子。早春的嫩葉和夏初的莓子是解春荒的必要美食，原著民印第安人非常珍惜，部落規矩裡只有三紋莓的第一茬收穫可以私自獨享，不必像其他野菜野果魚獵收穫必須與全部落的人分食。三紋莓好像不易培植成果園品種，也不易保鮮，從沒在超市上見過，反而在有陽光的溪旁、公路邊排水溝沿、疏林小河邊，長得人高，連成一片，憑野鳥野獸和路過的人肆意啄食、摘取，與當代詩歌自生自滅，自產自銷，進不了市場大輪盤的狀況有點相仿。

頂天立地

英叭是傣族人的創始主。有巨粗的鬍鬚和頭髮，巨壯的手臂和雙腿。英叭用自己身上身後的污垢糞便創世，造天造地，造動物，也造了樁造了柱造了地毯，還造了三座大山，簡直就像一隻頂天立地的大屎殼郎，與古埃及神話中的造物主聖甲蟲有點像。我是從2009年出版的《雲南民族民間文學典藏・傣族》篇上看到這奇異的一章。詩人于堅為此系列寫了序。英叭死前用自己解構了的身體殘片，指甲，分隔天地，完成了創世大業。

水！水！水！

傣族人新年潑水來洗滌七位女神，因為砍掉凶神惡霸（父親或夫君）的頭而濺滿血污的全身。傣族新年潑水來讚美為民除害的七姐妹。傣族新年潑水來歡慶為民帶來新生的女人。傣族新年，潑水來，水，水，水！

傣族人的第一位贊哈（職業歌手）是拒絕了王子愛慕的玉嫩，絕對美女詩人。水，水，水！

傣族人的山神是棵大樹，像挪亞的方舟，在大洪水裡救下傣族人的祖先。

傣族人把各種藥用野花野草的功能和形態變成倫理故事，一箭雙雕。好心得好報，蒼天憐窮娃，愛情專一不棄不離。箭毒木，虎骨酒，治痢疾的馬齒莧，苦冬瓜退燒，小天冬消腫，鹿茸大補。治婦女病的羊耳菊，去牛皮癬的大薊科雅蘭花，好像也生在我家的園子裡？

傣族人的愛情觀，「是枯葉也要佩在腰間，是狸貓也要嚼飯餵養」，水！水！水！

傣族人寫在貝葉棕櫚上的最早是情書，後來才是佛經。

傣族人通往天國的金藤由女神七姐妹把守。

水！水！水！水！

人被襯衫穿了

中文裡紐約（New York）為什麼譯成兩個帶絞絲旁的諧音字？是不是因為上個世紀初紐約以其服裝製作業聞名全球？昨天走過時裝區，雖然經過百年蕭條，那裡還是布店，綢店，皮貨店，扣子店，連成片，零售批發都有，還有不少時裝設計家的工作室和倉庫。紐約下城的縫衣廠當年是歐洲新移民生存的底牌。1911年三角女裝廠大火（http://en.wikipedia.org/wiki/Triangle_Shirtwaist_Factory_fire），幾十名被廠主反鎖在廠房裡的女工活活燒死，還有不少工人為求生從八層樓的窗戶向街上跳，粉身碎骨，屍橫遍地，慘不忍睹。146條縫衣工的命為全美國的工人換來了新的工會，新的勞工法，新的報警系統，新的工廠安全法，新的火警救護隊。紐約、紐約。絞絲下的法約。那年中國的辛亥革命成功。

2011年全美各地工會、人權組織和火警救護隊舉行了百年祭奠，在當年大火燃起的時刻拉響各處工廠的警笛，救火隊的警笛。

（2012年12月7日補記：剛剛改寫完上面文字，今晨讀《紐約時報》獲知，上個月孟加拉國一家八層樓的縫衣廠大火，火警響後，工頭要求工人繼續工作不許撤離，結果火勢猛烈，電梯失靈，樓梯堵塞，不少人砸窗跳樓逃生，多名工人被困，共計死亡人數114名。）

（2013年五一勞動節再補記：上周孟加拉國又一家縫衣廠大難，這次乾脆整棟八層樓倒塌，壓死四百餘名工人。大樓上面四層均是非法建築。崩樓前一天，安全檢查發現牆基深度裂縫，廠主已被通知危險在即馬上關門。工廠下面的銀行店鋪都依法關張。只有樓上的縫衣廠置之不理照開不誤。《紐約時報》頭條，成排的墳頭。）

（*2013年六一兒童節續記：縫衣崩樓裡挖出屍體已超過千具。死者多是鄉下來的年輕女工。目前孟國是世界縫衣第二大國。第一大國當之無愧是中國。然而這還不是寫下這些文字的緣由。詩人是屬於世界的。屬於語言的。因而也屬於這些縫衣女工。看來這首詩還沒寫完。*）

瘋狂的利潤，人被襯衫穿了，可悲可嘆。韓東詩裡的棉田雲朵陽光在哪兒呀？

這還不是早晨

清真寺的光塔

對北京牛街清真寺的光塔印象不深，包圍在車水馬龍之中的偌大一片院子，幾進幾出，繞來繞去眼睛看花了。也是奇怪，每次訪問都帶著美國朋友，所以前後關照，一路走一路中英文對譯，一心好幾用，沒能仔細研究寺廟的建築結構。西安老城區的回民街上到處有好吃的特色菜館，我們（這次沒有美國人）出了賓館，一路走一路按網上的介紹找吃喝：年糕，酸梅湯，紅豆粥，老孫家的羊肉包子，老白家的羊肉泡饃。遠遠站在街口就在擁擠得見不到地面，人車搶行的深巷子裡，看見大清真寺的光塔，走近了才看清去清真寺的路標和光塔上的敦促眾人按時祈禱的擴音喇叭。而此時大清真寺的平鋪建築和院牆，在暮色下，正和四周的民房渾為一體。我這才明白了光塔的意義。

曼哈頓伯力克（Bleecker）街上的幾條很特別的廣告：

Work Less——

貼在一家時裝店的玻璃上，可以譯成「減量工作」；「減量工作」，意思是與努力工作相反的。人類努力工作的成就換來今天的現代化和我們日減的生態環境，日加的體重和老年病。「減量工作」應該是二十一世紀全人類的座右銘，卻不知道為時裝設計家廣告什麼？

Sow Your Wild Oats——

手寫在一塊黑板上，立在上下兩層的鋪面門口，美容店在半地下的一層，街面的一層是洗衣店。中文是「播種你的燕麥」，或者「播種你的野蕎麥」。命令口氣，不容置之不理，與「減量工作」一樣，也是廣告裡的另類。在哪裡播種？柏油路上？水泥臺階上？為什麼只能是燕麥？為什麼要播種？與美容店或者洗衣店的關係更不易確定，讀出來反倒像一行詩。

On air──

一個介賓短語，作成霓虹燈裝在牆上，夜色中一閃一閃地透亮。中文意思是「空中」，「正在錄音」或者「正在播音」。牆下地下室是家日本料理，沒去吃過。是不是「正在營業」的誤譯？或者有意的移譯？吃了他家的飯就能升空，被傳播？就嫦娥了？

旅途見聞

Everlasting Construction——
黑字白板釘在老魚市一棟危樓的磚牆上，算建築公司的廣告還是宣判書？「永遠建築」或者「不停頓建築」或者乾脆「永不完工」？

Survive with a Smile——
藝術體七彩大字刷上機場大巴的車身，「帶著微笑倖存」，很可能是車隊在眾多競爭大巴隊伍中薄利經營的現實。但如此坦白地廣而告之，也許會讓出行者心有餘悸？該不會翻車，出事，因而帶不出微笑？

May Dick——
下面的中文楷體是「美美甜品」，絲毫沒有色情提示，當然也沒有什麼有滋味的隱喻。誰會找這麼一個招人的英文店牌，「五月男根」，讓愛甜食的女生害羞？

175米水位線——

那還是十幾年前在長江三峽大壩合龍前的巫山縣城看到的,水位線的天青色波浪高高描在電線桿最高處。下面是很久沒換燈泡瞎了眼的路燈,再下面,柏木門板的百年五金雜貨老店前,坐在長凳上和善的父子倆站起來幫我配手提箱鑰匙,腳下踢著垃圾髒土。「環衛」已經三個月不掃街了。蹲在昏黃燈光下打牌的酒店門衛主動介紹本地流行的壯陽進補「藥膳」,那眼神好像一雙伸過來的髒手。當夜除了喝醉的門衛砸門未遂,並沒有巫山神女在175米水下青眼雲雨入夢。

Carefully Slip Down——

「小心滑倒」的中文警示被譯成「小心地滑倒」的英文建議之類的翻譯笑話已經被收集了出兩三本叫Chinglish(洋涇濱)的畫冊,很逗樂,也見怪不怪。文化交流是個彆彆扭扭誰都不舒服的過程。交通標示廣告通知意思

能猜對就算完成了任務。可菜譜裡的松鼠魚、螞蟻上樹
直譯成英文就能讓西客作嘔。中國製造的傢具的英文組
裝說明書,望譯文生不了義,倒是看圖示才領悟照葫蘆
畫瓢的真言。到了文學作品,尤其到詩裡,沒有語感或
者語感與原文不對的翻譯,楞能把李白譯成李清照。李
清照譯成崔健。一不小心就滑到天涯海角了。

Croissant

Croissant，法式黃油羊角麵包，據說是鄧小平的最愛。70年代中他在文革後首次復出，曾經代表中國出席聯合國大會。那還是中國大陸被反共鐵幕封閉於世30年後，首次被聯合國承認。飛到紐約的當夜，鄧的第一個要求就是希望早餐有羊角麵包。當年留法當學生時培養出的口味。那時正上中學數著糧票老也吃不飽飯的我在北京胡同裡聽到這個小道消息，想像不出法式黃油羊角麵包的模樣和口味，卻懵懵懂懂感到外面世界的豐富，外面世界的自由，外面世界的吸引力。一晃又30年，現在上中學的女兒每周六上完提琴課，下午去書店打小工前有一個小時的空兒，一定要我開車帶她去奧林比亞港口的農民市場裡一家糕餅店買羊角麵包當午餐。有時遊人多羊角麵包賣完了，她就一肚子不高興。法式黃油羊角麵包通常只作為早餐，而且只能當天烤當天吃，又香又脆，出爐時間長了，就軟塌塌油膩膩的不好吃了。就和

北京早餐的油餅麻花似的。所以超市塑膠盒子裡賣的只能算法式黃油羊角麵包的贗品。嘴刁的女兒看都不看。

Croissant也是11街上這家咖啡店上網的密碼。網上的世界很豐富，很自由，也很有吸引力。他們的羊角麵包剛好賣完。

華盛頓人沒有口音

華盛頓高地、華盛頓州、華盛頓首府,住在紐約的朋友無論怎麼解釋也搞不清我現在在哪裡住家。對紐約人來講,紐約之外皆為「外省」番夷野蠻之地。總之是混不下去的明證,是個錯誤。像京劇迷對待各地的高腔,當然非正統,當然是變種或者基因變異的路數。而華盛頓州本地人一聽就聽出我們的紐約口音,扭著臉笑。我就問那你的口音從哪來,我沒有口音吶——我們華盛頓人沒有口音。然後忙忙舉出幾個出生於華盛頓的好萊塢影視明星的例子,來證明華盛頓人沒有口音。

美國英語,英國英語,愛爾蘭英語,印度英語,新加坡英語,菲律賓英語,香港英語,加拿大英語,澳大利亞英語,中國英語,黑人英語,美國華人英語,詩人阿什伯瑞(John Ashbery)的英語。

臺灣國語，新加坡漢語，滿人漢語（北京普通話），上
海話，湖南話，香港話，福建話，四川話，維族人的漢
語，我的一個美國學生柬埔寨華人（客家人的一支）的
漢語，牛津漢語，詩人梁秉鈞的漢語。

咖啡

春——
重擊猛醒有時是必要的
飯還要吃。太陽還在運行
你可看見月亮東升？

夏——
喝到這會兒，已經不記得
庇蔭樹的功勞。情緒低落時
更不覺得酷熱與苦。

秋——
更濃，坐得更深
女兒病了，女兒好了
只有媽媽明白媽媽的心。

冬——
再多喝一杯
就是奢侈。雪快樂地
傾山傾林。

90後每日健身法

（也適用於40、50、60、70、80後）

推開窗戶，如果窗戶推不開，就走出門，別帶手機和任
何有開關的電器。走3分鐘，數自己的呼吸，找一個另
外物種的活物（植物動物真菌昆蟲均可），仔細觀察6
分鐘，再用3分鐘把觀察到的，不通過電器，口述給另
一個人。（12分鐘）

90後每周健身法

和幾個朋友或者家人走到菜場買菜、肉、或海鮮，拎回家來，用基本調料（醬油、醋、糖、鹽、香油或花生油），按自己媽媽的菜譜（奶奶的更好），每人做一道菜。吃飯時，和你桌邊同吃的朋友非短信交談，吃完一起邊唱歌邊手工洗碗盤。（3-6小時）

這還不是早晨

90後每月健身法

免用所有電器（電燈電話電視電腦收音機電梯電爐冰箱
吸塵器空調暖氣電扇手機耳機吹風機電子琴等等），
免用現代交通工具（汽車電車地鐵火車飛機摩托車電動
自行車等等）一天。走一段路，讀一本書（可以是詩
集），也可以和朋友（不一定有性關係）打球種樹澆花
觀風景，下棋唱歌談心彈吉他，等等（用你的想像），
並在燭光下手寫一天的經歷與感受。（24小時）

90後每年健身法

野營去，野營去，（不是旅遊）

和5-6個朋友野營去！！

兩架帳篷（分男生女生）

水瓶睡袋地氈

足夠的食物（每人每天3000卡）

鍋碗筷子刀叉（烤肉用）

肥皂手紙牙刷

雨衣和內衣（多帶襪子、多一雙鞋）

砍柴斧頭防水火柴

濾水器煤油爐煤油燈

手電筒小土鏟（如廁用）

（魚竿魚鈎漿和小船？）

筆和筆記本還有相機

出發時，每人背包30公斤重

每天平均10公里行程

別忘了地圖和指南！

野營去，野營去，和5-6個朋友野營去！！（2周）

90後終身健身法

（據美國一位教育家的研究；同時適用於00後）：

訪問自己家裡最老的一個親戚，祖父祖母外祖父外祖母等。當面問兩個問題：

您自己的祖父母外祖父母是什麼樣的人？做什麼的？請您講一兩件記得最清楚有關祖父母外祖父母的事。

當您同我年齡一樣大的時候，您最擔心的是什麼？

錄音錄影作文珍重保存你發現的秘密。（5-10小時）

20、30後健身

您的身體已經是健康的榜樣了！

這還不是早晨

應景詩的業務

最近又有藝術家在報上呼籲藝術為社會服務。這服務不是傳統意義上的服務,作為生活中的娛樂和裝飾,而是雄心勃勃地要用藝術改造／改良社會,提倡新生活,教化百姓。昨天與紐約詩人我的老朋友和合作者馬婷‧貝倫一起吃晚飯,她最近在一家藝術中心的募捐活動中,拍賣了一筆為人寫一首應景詩的業務。買家是位父親,要為自己馬上大學畢業的女兒寫首賀詩。馬婷訪問這位父親瞭解到他女兒的背景細節,以及父親要對女兒講的話,然後用這位父親的口吻為女兒寫了一首讓父親非常滿意的詩。寫詩出版多年,頭一次用詩讓別人高興,這讓馬婷心滿意足。得到捐款的藝術中心自然也高興。這雖然談不到改良社會教化百姓,卻也是一種回歸傳統並且有用的服務。不知操文學無用論的純詩人如何作想。

國粹

首蓿、葡萄、胡桃、石榴、胡荽（香菜）、胡（黃）瓜、胡（大）蒜、西（域）瓜、（渾提）葱、（回回）葱、洋葱、胡麻、亞麻、胡（青）豆、豌（回回）豆、胡芥、胡椒、胡蘿蔔、燕支（胭脂）紅花、茉莉花、指甲花、金桃、甜菜、萵笋、巴旦杏、無花果、千年（伊拉克）棗、皂莢、橄欖、水仙、乳香、沒藥、龍涎香、木香、丁香、安息香、硼砂、薔薇水、鬱金香、穿顱術、出血療法、華佗、胡琴（二胡、京胡、板胡）、大阮、小阮、三弦、月琴、檀木響板、嗩吶、琵琶、揚琴、馬褂、旗袍、長褲、馬車、馬扎、方桌、座椅，當然都算國粹了？

一本糊塗帳

家裡的草木有從花店苗圃買來的，朋友送的，從鄰居那裡討來的種子或花苗、樹苗，慢慢培植長大的。更多的是買下房子來就已經長在這裡的。這房子建於1979年，砍倒一片林子，在從來沒有過人工建築的山丘上蓋起來。從1979建房到2006變成我們家，其間住過三任房主，很多樹種，草種是他們有意或無意間引進的。野生的、培植的、本地的、外來的，已經很難分清。此地的原始自然林在十九世紀中被西部開發者全部「利用」了，迫使州政府立法劃出森林保護區，再長出來的第二茬兒林木才是現在看到的樹。各式常青冷杉鬱鬱蔥蔥參天蔽日，林邊溪邊也有不少柏樹，和落葉的闊葉樹，可兩百年以上的古木罕見，要開車很遠到關成國家公園的山窩裡看。受太平洋氣流影響，這裡氣溫冬暖夏涼，一年裡有半年雨水不斷，構成美國大西北的溫帶雨林，所以植被異常豐富，可我不通植物學，此地野生的花草樹木多數沒有中文確切的譯文，只能靠查英漢字典，植物

圖書，谷歌搜肉，用中文同科同屬的植物名標示。再細的分類命名還要專家研究。它們是我的近鄰，在這裡住了七年後覺得有必要認識它們。信手寫來，便成一本糊塗帳（見下列清單）。

卻遠遠不足窮盡。它們屬於自然，也屬於歷史，有故事，有詩，還包容更多，比如分類學的必要、我知識的淺薄、分類學的局限、自然之難以把握。苦心工作了幾月，卻讓我覺得，我離自己從它們的存在感受到和想表述的，好像更遠了。

清單一：家裡的花草和矮小灌木

桃葉風鈴花，桔梗，兩種，Peach-leafed Bellflower, *campanula persicifolia, C. medium*

蘭盆花，Pincushion Flower, *Scabiosa Columbaria*

珠光香青，Pearly everlasting, *Anaphalis margaritacea*

蓍草，Yarrow，*Achillea millefolium*算卦用的？全草入藥，有發汗、祛風之效。葉、花含芳香油，供製香料。

大鰭薊，數種，Thistle, *Cirsium arvense, C. edule*

蒲公英，黃花地丁，Dandelion, *Taraxacum mongolicum*

毛連菜，Smooth Hawksbeard，*Picris hieracioides*

另外多種菊科野花，飛蓬屬，假蓬屬，Fleabanes, *Erigeron*, Aster, *Asteraceae*

堇菜，角堇，金黃、淺粉、深紫色和雜色、很多種，viola，*v. adunca, v. odorata, v. cornuta, v. orbiculata, v. tricolor*

矮牽牛，多色，Petunia, *Petunia hybrida, P. grandiflora*

福祿考，兩種，Phlox, Moss Phlox, *Polemoniaceae divaricata, P. subulata*

延胡索，罌粟紫堇，Corydalis, *C. curviflora rosthornii*

玉簪花四種，*Hosta plantaginea*

松鼠菊，Cornflower, *Echinacea purpurea*

乳漿大戟數種，Spurge, *Euphorbia*

鳶尾，蝴蝶花，六種，Iris, *Iridaceae*

櫻草花，Primrose, *primula acaulis*

薰衣草，Lavender, *Lavansula angustifolia*

迷迭香，Rosemary, *Rosmarinus officinalis*

懸岩女僕（自譯），Cliff Maids, *Lewisia cotyledon*

春黃菊，兩種，Roman Chamomile, *Chamaenelum nobile*

落新婦五種，False Spirea, *Astilbe*

羽扇豆，三種，Lupine, *Lupinus polyphyllus*

岩芥，Rockcress, *Arabis alpina*

糖芥，Wall flower, *Erysimum bungel*

翠雀，白色，紫色，Larkspur, *Delphinium elatum*

蛇鞭菊，粉色，白色，Blazing Star, *Liatris spicata*

牛至，烹調香料，Oregano, Origanum vulgare

百里香三種，烹調香料，Thyme, *Thymus serpyllum, T. vulgaris, T. pseudolanuginosus*

雄黃蘭，Crocosmia, *Crocosmiflora*

錦葵兩色，Tree Mallow, *Lavatera*

皺葉剪秋蘿，Maltese Cross, *Lychinis chalcedonica*

綿毛水蘇，Lambs ear, *Stachys byzantina*

利索多地被（自譯），伏地細葉藍色小花，Lithodora, Lithodora diffusa

長春花兩種，Periwinkle, *Vinca minor, V. major*

鐵青藜蘆（？）三種，Hellebore, *Helleborus lividus, H. hybridus*, H. Royal heritage

香豬殃殃，Sweet Woodruff, *Galium odoratum*

野生蕨類植物多種，Sword fern（劍蕨），Lady fern（淑女蕨），

Maiden fern（處女蕨／鐵線蕨），Oak fern（橡樹蕨）Bracket fern
（獨枝蕨），*Filicem*

碎花串蘭（自譯），西部野花，False Solomon's seal，*Maianthemum racemosum*

史密斯仙女鍾蘭（萬壽竹？），西部野花，Smith's fairybells, Prosartes smithii

胡克仙女鍾蘭（自譯），西部野花，Hooker's fairy-bell, *Prosartes hookeri*

延齡銀花，西部野花，Pacific trillium, *Trillium ovatum*

西部伏地茱萸（自譯），Western bunchberry, *Cornus unalaschkensis*

舞鶴蘭草（由日文自譯），False lily-of-the-valley, *Maianthemum dilatatum*

香草葉（自譯），西部野花，Vanillaleaf, *Achlys triphylla*

西部星星花（自譯），西部野花，Western Starflower, *Trientalis latifolia*

泡沫花（自譯），西部野花，Foamflower, *Tiarella trifoliata*

山香莉（自譯），西部野花，Mountain sweet-cicely, *Osmorhiza chilensis*

天藍首蓿，Black medic, *medicago lupulina*，（明明開著耀眼的黃花，中英文名字一個稱藍一個稱黑，蒴果倒是黑色的）。

黃花溝酸漿鱖（自譯），西部野花，Yellow monkey-flower, *Mimulus guttatus*

三花拉拉藤，兩種，Bedstraw, Galium triflorum, G. trifidum

西伯利亞春美人（自譯），Siberian springbeauty, *Claytonia sibirica*

屈曲花，Candytuft, *Iberis sempervirens*

大麗花，西番蓮，多種，Dahlia, *Dahlia grandiflora*

小麗花，Dahlia, *Dahlia pinnata*

蕁麻，數種，Deadnettle, Stinging nettle, *Lamium maculatum*

石竹，三種，Pink, Sweet William, Maiden Pinks, *Dianthus barbatus; D. deltoids, D.chinensis*

紅鬍子花（自譯），Jupiter's beard, *Centranthus ruber*

蜜蜂花，檸檬香草，Lemon balm, *Melissa officinalis*

美國薄荷，Bee balm, *Monarda*

風信子，Hyacinth, *Hyacinth*

荷包牡丹，兩種，Bleeding heart, *Dicentra*

海葵花（自譯），Grecian windflower, *Anemone blanda*

西伯利亞海葱（自譯），Siberian squill, *Scilla Siberica*

蒜，Garlic, *Allium sativum*

大花葱，Giant Onion, *Allium giganteum*

小葱，Chives, *Allium schoenoprasum*

韭菜，Chinese chives, Garlic chives, *Allium tuberosum*

（黃）水仙，Daffodil, *Narcissus*

露西爾雪絨花（自譯），園藝品種，Lucile's Glory-of-the-snow,
Chionodoxa luciliae

番紅花，顏色從白到深紫，鵝黃的花心，Crocus, *Crocus*

蜀葵花，一丈紅，Hollyhock, *Altharea rosea*

葡萄風信子，Grape Hyacinth, *Muscari botryoides*

雪花蘭（自譯），Snow Drops, *Galanthus*

百合花，多種，Lily, *Lilium*

鈴蘭，Lily of the Valley, *Convallaria majalis*

火炬蓮，Torch Lily, *Kniphofia*

紫柳穿魚草（？），Purple toadflax, *Linaria purpurea*

這還不是早晨

唐菖蒲，多色，Gladiolus, *Gladiolus*

勿忘我，Forget-Me-Not, *Myosotis sylvatica*

雛菊，兩種，English daisy, *Bellis perennis*

毛茛，老虎草，Buttercups, *Ranunculus*

菊花多色多種，Garden Mum, Shasta daisy, Oxeye daisy, *Chrysantheme*

黑心金光菊，Rudbeckia Black Heart, *Rudbeckia hirta*

雪葉菊，Dusty Miller, *Senecio cineraria*

芍藥三色，Peony, *Paeoniaceae*

紫毛蕊花，Mullein, Verbascum phoenicum

冬衛矛，Winter Creeper, euonymus fortunei

鼠尾草，藍花，紫花，金葉，三色葉四種，烹調香料，至幻藥草，Sage, *Salvia nemorosa, S. officinalis*

太陽玫瑰（自譯），園藝品種，Sun rose，*Helianthemum*

半日花，Rock Rose, *Cistus x skanbergii*

俄國鼠尾草（自譯），Russian Sage, *Perovskia atriplicifolia*

蘇格蘭苔蘚，Scotch Moss, *Sagina subulata*

婆婆納，野生及園藝品種，白、粉、藍色，Speedwell, Veronica peduncularis, V. serpyllifolia

白花三葉草，White clover, *Trifolium repens*

萱草，金針草，數種，Daylily, *Hemerocallis*

樓鬥菜，數種，Columbine, *Aquilegia flabellate, A. alpine, A. chrysantha, A. caerulea*

東方虞美人，觀賞罌粟，Poppy, oriental and Island, Papaveraceae

鐵線蓮，野生及園藝品種，Western blue clematis, *Clematis sp*

毛地黃，Foxglove, *Digitalis purpurea*

酢漿草兩種，Redwood sorrel, *Oxlis Oregana, O. Suksdorfii*

芹葉牻牛兒苗，Common Stork's Bill, Erodium cicutarium

老鸛草三種，Geranium robertianum, G. molle, G. erianthum

金絲桃，Western St. John's-wort, *Hypericum formosum*

禾本科的青草最少四種，Grass, *Poaceae*

莎草，Sedges, *Cyperaceae*

燈心草，Rushes, *Juncaceae*

竹子，三種，Clumping Bamboo, *Fargesia rufa, F. murielae, F. nitida*

清單二：家裡的灌木

印地安李（自譯），西部野生，Indian plum, *Oemleria cerasiformis*

冬青葡萄，Oregon grape, *Mahonia aquifolium*

沙巴果（？），西部野生，Salal, *Gaultheria shallon*

紅接骨木，Red elderberry, *Sambucus racemosa*

臭醋栗（自譯），西部野生，Stink currant, *Ribes bracteosum*

紅花醋栗，Red-flowering currant, *Ribes sanguineum*

海浪花（自譯），西部野生，Ocean spray, *Holodiscus discolor*

錫特卡柳編（？），Sitka willow, *Salix sitchensis*

美國赤楊（？），Sitka Alder, *Alnus crispa ssp. Sinuata*

長啄榛，Beaked hazelnut, *Corylus cornuta*

藤楓，Vine maple, *Acer circinatum*

丁香，純白，藕荷兩色，Lilac, *Syringa vulgaris*

繡線菊兩種，Spirea, *Spiraea japonica*

八仙花，Hydrangea, *Hydrangeamacrophulla*

金銀木兩種，Honeysuckle, *Lonicera maackii, L. ciliosa*

太平花，Mock Orange，*Philadelphus*

金露梅，格桑花（拉薩市花），Cinquefoil，*Potentilla fruticosa*

杜鵑花兩類多色，Rhododendron和Azalea

木藜蘆，Rainbow Leucothoe，*Leucothoe fontanesiana*

平枝栒子，Cotoneaster，*Cotoneaster horizontalis*

小檗，兩種，Barberry，*Berberis thunbergii*

馬醉木三種，Pieris，*Pieris japonica*

月桂，Winter Daphne，*Daphne odora marginata*

石南五種，Heather，*Erica*

木槿，兩色，*Hibiscus syriacus*

野扇花，Sarcococca，*Sarcococca confuse, S. hookeriana humilis*

南天竹，Heavenly Bamboo，*Nandina domestica*

倒掛金鐘三種，Ladies' eardrops，*Fuchsia hybrida*

玫瑰和月季三種，Hybrid tea rose, Climbing rose，*Rosa*

野薔薇，Wild roses，*Rosa*

流蘇醉魚草，粉、白、紫三色，Butterfly bush，*Buddleia*

墨西哥桔（自譯），Mexican orange, *Choisya ternata*

野生覆盆子，樹莓，Black raspberry, *Rubus leucodermis*

藍莓，五種，Blueberry, *Vaccinium*

野生三紋莓，Salmonberry, *Rubus spectabilis*

野生黑莓，Blackberry, Trailing Blackberry, *Rubus fruticosus*

野生頂針莓，Thimbleberry, *Rubus parviflorus*

野生黑果木兩種，Evergreen huckleberry, Red huckleberry, *Vaccinium ovatum, V. parvifolium*

高山熊果，Common bearberry, *Arctostaphylosuva-ursi*

六道木，Glossy Abellia, A. x grandiflora, *Caprifliaceae*

林奈花，Twinflower, *Linnaea borealis*

莢迷兩種，Viburnum, *Viburnum davidii, V. tinus*

清單三：家裡的樹

櫻桃，Cherry, *Prunus avium*

李子，Plum, *Prunus bing*

蘋果，Apple, *Malus domestica*

無花果，Fig, *Ficus carica*

桃，Peach, *Prunus persica*

檸檬，Lemon, *Citrus limon 'Meyer Improved'*

苦櫻桃，Bitter cherry, *Prunus emarginata*

山茱萸，Dogwood, *Cornus nuttallii*

冷杉，Douglass fir, *Pseudotsuga menziesii*

日本紅楓數種，Japanese maple, *Acer palmatum*

大葉紅楓，Big leave maple, *Acer macrophyllum*

道格拉斯楓（自譯），Douglass maple, *Acer glabrum*

太平洋紅柏樹（自譯），Pacific red cedar, *Thuja plicata*

樺樹，Birch, *Betula papyrifera*

這還不是早晨

鐵杉，Western hemlock, *Tsuga heterophylla*

西部白松，Western white pine, *Pinus monticola*

野草莓樹，Pacific madrone, *Arbutus menziesii*

玉蘭，Magnolia, *Magnolia stellata*

北美白蠟樹，Oregon ash, *Fraxinus latifolia*

柳，幾種北美西部野生品種，Western willow, *Salix*

北美西部檀樹，Sitka alder, *Alnus viridis* subsp. *sinuata*

加拿大紫荊，Eastern redbud, *Cercis canadensis*

暖和的門

林邊整個春夏都不顯眼的瘦小的日本紅楓，一夜秋風便像火炬般燃燒起來，往常蔥綠的五角葉片今天卻發出耀眼的橙紅的光芒，纖秀的枝幹撐開周邊常青的冷杉和柏樹織成的濃綠。這突忽而至的空間，仿若一扇暖和的門，通向一處燈火通明的熱鬧去處，那裡有人聲、腳步匆匆、閒愁閒憂的言情小說，嬰兒的胖嘟嘟的胳膊，和蘋果餅的香氣。為它寫點什麼吧，把遙遙無絕期的霪雨帶來的陰鬱沖淡幾分。門敞開，為了讓我從身邊確鑿的躲不開的凍雨中走進另一種可能。

真實的紅葉

窗前的藍莓叢只能是詩，卵形的葉子入秋時節變得比大葉楓、七角葉的藤楓和日本紅楓還紅。算不算以假亂真？春天倒掛的粉白色甜香的鐘形小花好看，夏天圓嘟嚕青紫的藍莓果好吃，卻讓你難以預想秋日裡藍莓葉紅彤彤的火苗，連灌木的枝幹都紅得發紫。可謂花果葉均佳。野生的和園藝品種都非常出色。藍莓枝葉的糖分一定比楓樹還高，不然鹿在園子裡覓食為什麼首先選擇的就是藍莓叢，然後玫瑰，再次才隨口啃啃楓葉楓枝。「以假亂真」的斷論其實反映自己淺薄的植物學知識，藍莓葉是真的，楓葉也是。人為的成見讓我們識別不出真實的紅葉，也難以命名葉片背後更真的存在。

玫瑰遊戲

美國大選日的玫瑰遊戲遠遠比不上唐丹鴻的玫瑰袖子、玻璃乳房，楊小濱融化成水的窗戶，更比不上中國豆腐政治，點鹵化學，化廉潔為糞土，化理想為黃金，指白為黑的傳統魔術。而我卻每天受寵若驚地在msn信箱裡收到總統和總統夫人的催促，捐錢，出力，還要在颱風登陸時「Take care of yourself」。當然要照顧好自己，還有老公，還有孩子，還有髒衣服，還有臭馬桶，還得在學生面前跳像樣的脫衣舞。看看互聯網上服飾光鮮的政客，比手畫腳地在相片裡生活，再排練也演不出誠實的角色。表演者永遠在演自己，自己的肢體，自己的皮膚，自己的語言。所以必須徹底異化才能在落地鏡子裡看清自己拖地擦桌子，腰肢纖纖／腫腫的樣子。和魔鬼抑或氣功師簽約能算什麼呢？算痰火攻心，具體到靈魂出不了殼吧。他們又在談結／解構主義了。哲學和詩真有鄭敏老師強調的區別嗎？一朵玫瑰是一朵玫瑰，還是新的遊戲，概念，形式和詩。

請客人喝菜湯

被同事請到家裡晚飯，灌了一肚子菜湯，就著餅乾和葡萄汁，還有女主人，也就是我們的同事，烤的蘋果餅。葡萄藤和蘋果樹就長在她新租的房子的後園。所以這頓飯吃得簡單，做的工夫可大了，包括上架摘葡萄榨汁，爬梯子摘蘋果削皮去籽，再烤餅。都是剛收穫的鮮果。我沒吃出也沒敢問湯裡是什麼菜，從哪裡來的，怕又引起一場關於綠色培植的優劣和本地食品合作社（不是一般的食品超市）內幕爭端的辯論，讓只在合作社買菜的女主人難堪。本地食品合作社從來不進口中國貨，理由複雜，與政治的關係似乎比食物的品質更接近，比如環保問題，西藏問題，人權問題。好像近幾年合作社又投票決定不進以色列貨了，同樣因為環保問題，巴勒斯坦問題，人權問題。所以我和先生一個中國人一個猶太人，就很主動地閉口躲開不禮貌的話題，只開口把菜湯喝下去。一人一碗多了沒有。北歐人請客人喝菜湯作主菜，倒也見怪不怪，誰讓此地北歐移民占多數呢。一次

兩次，學乖了，先在家吃個半飽，再赴宴溜縫。很可能他們自己天天晚飯不開伙只吃冷餐，連熱湯都喝不上？倒是原著民印第安人的風俗熱鬧，此地白人模仿他們的方式請客，叫potluck（原文是potlatch，印第安人的一種慶典，主要目的不是吃吃飯而已），主人只提供環境，餐具，一道主菜，每個客人自帶食物飲料。所以赴宴就成了件麻煩事，先得討論配置哪個客人攜哪樣吃喝，幾通電話幾通電郵，然後分頭採買下廚，湯湯水水地端去，再熱好盛盤，主人客人都在廚房擠著，前後招呼著，舉著兩手油。相比之下，今晚我們款款地喝熱菜湯，品鮮果汁，翻翻女主人新出的書，談談學校的政務教務，也談談詩，樂得一夜清閒。

月

春——
早晨有太陽的空地
不再空地：星星
綠，星星

夏——
整齊辦不到了。迷路
在花蔭樹影，在分枝盤繞
芬芳的可能性之中

秋——
星光燦爛的夜晚，最難
摸回自家的門兒。還沒到
豐收的十五。

冬——
空的心
自暗處燃起難尋的
夢囈，又一次。

這還不是早晨

炒菜的「香」味兒

唐人請客就不必寫了，就是每日居家過日子自己吃飯也得花大量精力時間。何況此地沒有可吃的中餐館，想要吃個燒茄子，非得在家弄得煙燻火燎油漬麻花，要不就得開兩個小時的車奔西雅圖的「野薑」亞菜館。菜單上還沒有，還得跟廚房的師傅說好話。做出來的是馬來西亞式的蒜茸豆豉燒茄子。再正宗的就得再開兩小時奔溫哥華，或者打飛機去舊金山、洛杉磯或者紐約了。所以每年回北京的家第一要事就是找好吃的家常菜。口味退化到了吃什麼什麼好吃的地步。吳思敬老師帶到首師大學生食堂好吃，臧棣在清華北門找的川菜館好吃，唐曉渡選的日本料理好吃，周瓚和樹才在社科院旁邊請的長安大劇院樓上的上海菜好吃，連我媽煮的速凍餃子都好吃。移植異地，根再深葉再茂，土壤裡的微量元素，還是和原生地不同。我能飛回北京尋覓菜盤子裡的微細滋味，這棵栽在花盆裡的亞熱帶的檸檬樹呢？口味也會退化？一個炒菜的「香」味兒，在英文裡愣寫不出來。

月亮的相位

全球變暖，砸在人們心上的鐵證據就是這場襲擊紐約的熱帶颶風了。桑蒂長髮飄飄攜風駕雨席捲而過，一夜間留下的疑問比襲擊世貿大樓的911事件還多。如果我們只按部就班不改變既定方針地揮霍資源與時間，終於會有一天一襲大浪將人類文明的污垢洗刷乾淨。那時候，我們也不再可能耿耿於懷此刻的敏感詞、誰上誰下的陰謀陽計劃、民主共和、航母秘密、模擬演習、股市行情、東風導彈、衛星還是北斗定位了。桑蒂一抖長裙，哈德遜河水上漲4米，上了碼頭，撲過環曼哈頓島的高速路，灌入地下室、地鐵站、車庫、臨街的窗戶。要算就算算月亮的相位吧，桑蒂登陸那夜正逢滿月。人的小計謀大事件趨於她趾間的沙礫。曼哈頓島的命運是全球的縮影。

狼咖啡

西村13街的狼咖啡（Café Loup）的菜做得不錯。席間的談話也有意思。小提琴、低音提琴和鋼琴三人爵士樂隊特別動人。領銜的黑人鋼琴師和兩位日裔提琴師配合默契。年輕的女小提琴手在自己的弦碼上加了變音器，讓小提琴的音色像高音薩克斯管一樣如泣如咽，卻添了薩克斯管不能奏出的複音和弦與複雜多變的華彩過渡。西洋古典樂器就如此開拓另類音樂空間。陽春白雪加那麼一點艷歌的味道，讓詩人羨慕不已。

的確有一隻灰不溜秋的布娃娃老狼蹲在進門過道的牆角，飯館牆上的裝飾也彷彿在四平八穩的平常之中有點刻意的扭曲。一隻純種俄國藍貓端坐花園野餐桌的標準像讓你一眼掃過的當兒，卻不由地把目光停在那隻貓的身上，俄國藍著名的絲質滑順的皮毛不知為何像刺蝟一樣毛扎扎倒戈，在相片正中刺眼。桌上菜單印在淺褐色水紋紙上，插在真皮夾裡；當日的酒水單卻複印在一張

皺巴巴的白紙上，背面的30年代的老照片由於複印過多次，已經變得像木刻畫的黑白對比度了，四五個晚裝女郎在吧台邊吸煙，笑吟吟地看著畫外的攝影師。下面的文字摘自當年的新聞，我們的女人有所有漂亮的眉眼，可是要讓這些亮點都集中在同一張臉上，那她們得住在別的街區。

美中不足才是生活中令人玩味的真諦？

正插活倒插也活

西村伯瑞絲茶室（Bories Tea House）的帳單夾在E.B.維特（E.B. White）寫於1948年已經絕版的雜文集《這兒就是紐約》（*Here is New York*）裡。我們叫的法式洋蔥湯、英式有機薑汁啤、巧克力餡酥油捲和南美的麻特茶雖然都不錯，卻遠遠比不上維特六十四年前對紐約的抒懷更到位。從一個街區到另一個街區，窮人富人新移民，黑白黃紅高高矮矮，無論身懷絕技的明星高人還是充滿想像的學生，人與人之間僅僅18寸的距離。心情噪音燈光事件，紐約充滿希望和能量。他講，「紐約一點也不像巴黎，不像倫敦，也不是斯波肯（華盛頓州的小城）乘以60，也不是地特律乘4。」北京生、北京長，又在另一個華盛頓州的小城生活過八年的我心有同感，雖然我住紐約的時間不比北京長。

1948年離二戰結束只有三年，掠過曼哈頓上空的飛機顯然在作家心上留下深深的陰影，「一隊比大雁大不了

多少的飛機就能將這個島毀於一旦……在所有城市目標裡，紐約占明顯的優勢……無論在哪個病態夢幻的縱火者心裡，紐約一定具有持久的不可抗拒的吸引力。」——維特預見了本拉登！而接下來的結語讓我感動不已，「這座鋼筋和石頭的迷宮，是完美的襲擊目標，也同時完美地展示非暴力的各民族各人種的兄弟情誼。它高聳入雲，擦著天邊在半路阻截企圖摧毀它的飛機——這裡是所有人的家，所有民族的家，所有事物的首都。這裡住著各種意見。飛機會在這裡停下，它們的使命注定不能完成。」想到911，也許維特太天真。然而再想到阿拉伯之春，想到黑人奧巴馬兩度當選美國總統，80%的紐約人投他的票。維特又是對的。他最後筆鋒一轉，講到離曼哈頓聯合國總部不遠的一棵靠鋼繩維繫的老柳樹，「象徵著這個城市：艱難的生命，在不可能的境遇中生長，水泥夾縫中上升的枝葉，向著太陽穩健地伸展。這樹一定被拯救。因為另外的選擇就是死亡」。

這還不是早晨

那老柳樹我沒見過，是否來自原著民四百年前漁獵營地上的一棵小苗，抑或新移民從家鄉河邊折下的嫩枝？正插活倒插也活。

先驗

新澤西是紐約西邊的一個州，諧音的中文譯名突出了該州位於紐約曼哈頓島西側，又臨海的大片沼澤景致。而在一般美國人耳朵裡，New Jersey不提示與水與沼澤的關係。這次桑蒂颶風新澤西水災最甚。新澤西近海的低地勢，在全球變暖的前景下讓當地居民十分焦慮。中文譯名的澤字彷彿成了先驗。讓人不得不佩服前人的文字修養和地理知識。

金雀兒

美國的居委會比北京的還討人厭，定期開會，發通知，搞活動，按戶收錢，每戶必到。現在又聯了網，每天信箱裡都有居委會的動向。會議內容非常嚴肅具體，牽扯小區方方面面、大大小小的事項。比如，最近有幾家的郵件失踪，一出空房遭竊，有鄰人看見不明車牌的可疑車輛進出小區，緊急會議需要決定是否要成立小區巡邏隊，片警也被請至會議當面指導。片警講到，在附近的另一個小區剛剛抓獲了一個毒品犯罪團夥讓大家鬆了一口氣。又說，縣政府資金短缺，警察署沒有足夠的警員在小區巡邏，希望各戶募捐支援，又讓大家緊一口氣，比聽到失竊案時還緊張。警察走後，各戶意見紛紛，決定不下是不是要自治巡邏，是不是要給警察署捐款，要不要各戶通報自家和客人的車號，這樣做是不是有嫌侵權隱私。議來議去，兩個小時過去了。散會前，今年選出的會長讓各戶分頭提案，下次會議再討論。小區地處

州立森林保護區邊沿，沒門沒牆，如何防範外賊大概靠一兩次會議還解決不了。

去年解決的大事，是決定如何為棒球場和兒童遊戲場的草坪裝配自動噴水系統。三家鄰居為三個提案忙了整整三個月，最後大家舉手表決選了一個最昂貴的方案，而那個運動場從來沒見過一場球賽、除了我和女兒偶爾盪秋千也少有孩子。溫帶雨林裡裝配自動噴水，一年會有九個月閒置，只不過為了夏天缺雨的日子裡棒球場草坪不黃，好開家庭野餐會，也為七月四號小區國慶活動的面子，依我看，不值得花一萬五千塊美金。可我家在表決那天偷懶沒去開會，所以也只能抱怨自己。

這個星期又接到通知，周六小區大掃除，每戶派一個人自帶工具，一起清理通向森林保護區的小路，移開冬季倒伏的枯枝死樹，墊平被雨雪沖塌的小徑，最重要的

是要連根拔去路邊上的剛剛吐芽的侵入品種，金雀兒（Scotch Broom, *Cytisus scoparius*）。這最早從英格蘭引進美國園林的豆科小灌木，春天碧綠枝頭開一串串金燦燦的小花很為醒目，後來不受約束逃出花園，成了流寇，取代本地低矮植被，沿著高速公路隨風播種開得漫山遍野金光閃閃頗為壯觀。http://oregonstate.edu/dept/ldplants/cysc-ia.htm；http://en.wikipedia.org/wiki/Cytisus_scoparius；星火燎原，拔是拔不淨的，凡有新鮮的裸土，金雀兒就落地生根，好像只剩下高大的喬木不受欺負。

水墨寫意

這1979年蓋的木結構房子到了刮大風下大雨的日子總讓人心驚膽顫，不知道頭頂上轟隆一聲是折斷的樹枝砸落，還是屋後的老樹倒了。跑到樓上，察看是不是房頂漏雨，窗戶有沒有破損。這時燈光忽悠一暗，根據以往的經驗，推斷附近路邊電線桿旁肯定有樹被風刮倒，馬上又要停電，又趕緊跑到水房，在抽屜裡找手電筒、火柴和蠟燭。木結構的房子修在雨林裡，合成氈頂，柏木夾層板牆，30歲就算到了晚年。晴天不下雨的時候，木房裡的頂梁木柱會不時吱吱地發出聲音，彷彿像老人在訴說，腳痛肩痛腰痛，讓人揪心。

1976年唐山大地震，我北京沙灘的老家住的是清末的老房，瓦頂磚木結構，地震襲來房子忽忽悠悠，地板如浪中滑板，想站都站不起來，塵土揚飛，鍋碗瓢盆一齊叮噹亂響，也讓人心驚膽顫，可是瓦雖然落了幾片，牆沒倒，木屋架沒散。不過老屋下雨天不時漏雨，記得小時

候每天晚上臨睡前總盯著紙糊的頂棚上一片片水印，像地圖也像褐色的水墨寫意，進入夢鄉。前年回北京還去老院看百二十歲的老房。新住戶上班去了，雪白的鈎花窗簾蒙住閃亮的玻璃窗。

藥

春藥——

妄想的綠葉再壯也

掙扎不出邏輯的圈套。合理

不一定派生真實的療效。

夏——

柴胡、當歸、生地

黃芩、川連、天麥冬、桔梗

生甘草、青箱子、生芍藥，余瀛鰲先生方。

秋——

收穫用斗量的時候

缺乏症自然不提。花生、大棗

土豆、紅高粱。

冬──

雪地上一串野兔的腳印

用細鉛絲做套兒

左也跑不開，右也跑不開。

孫中山醫生

讀陳邦賢著於1936年的《中國醫學史》明白了幾件事：
當年西醫傳入中國的時刻，對中國士大夫階層知識分子
的衝擊遠遠超過船堅炮利、西洋玩意：自己幾千年的頂
膜拜禮的醫藥典籍以及一切與此相連的哲理思辨被證明
千瘡百孔，胡言亂語，驢唇不對馬嘴。旅日學者、中西
醫師、翻譯家丁福保憤慨地在他編譯的《醫學補習科講
義緒言》疾呼：「吾國醫學四千年來，謬種流傳，以迄
今日，不能生人而適以殺人；肺五葉而醫者以為六葉，
肝五葉而醫者以為七葉，肺居中而醫者以為居右，肝居
右而醫者以為居左。心四房而醫者以為有七孔，膀胱上
通輸尿管，而醫者以為無上口，此無他，古書誤之也；
欲正其誤，宜講解剖學。腎為製溺之器，而醫者以為藏
精，不知藏精之別有精囊也；心為發血之區，而醫者以
為君主，不知神明而出於腦也；肝臟之製造膽汁，外腎
之製造精液，[胰臟]之製造[胰]液，而醫者均不知也；
此無他，古書之誤也，欲正其誤，宜講生理學……石膏

無清熱鎮躁之性，亦無發吐攻瀉之力，只能作器，不堪入藥……中風一症，《素靈》仲景之書，皆主於風，劉河間則主於火，李東垣則主於氣虛，外受風邪，朱丹溪則主於痰溫，而不知其病源由於腦髓中裂一血管壓腦髓所至也；此無他，以訛傳訛之古人誤之也……心屬火，肝屬木，脾屬土，肺屬金，腎屬水，以五臟強配五行，凡稍知物理學者，皆能知其謬也。赤入心，青入肝，黃入脾，白入肺，黑入腎，以五臟強配五色，凡稍知化學者，皆能知其謬也。吾國醫學之腐敗，至此已達極點矣！」這位文筆異常流暢的丁醫生一氣之下，一邊從業治病濟助弱貧，一邊從日文翻譯了全套現代醫學院的講義，一共45本醫學護理學教程。可謂我的前輩，可惜我上醫學院的時候，學校沒有教授醫學史，對丁醫生的赫赫成就一無所聞。

當年的中西醫學衝突，實在是一場革命。新醫痛斥中醫「墨守舊法，甘為井蛙，坐令病夫盈國，死亡接踵，傷心慘目，有如是耶？」少數激進派上書政府取締廢除中醫，「以掃除醫事衛生之障礙」，很是轟轟烈烈。而且這場革命之火燒到了醫事之外──國父孫中山醫生曾習西醫七年，後自香港醫學校1892年第一屆畢業。旅日醫學生魯迅郭沫若就更不必再提了。

當年知識分子從醫與救國是聯繫在一起的，他們敢說敢為，披露祖宗醜事，挑戰權威，之激烈，之徹底，國學底子之深厚，西學之迅敏，淵博且獨立自信，可謂真正文化精英，令我汗顏。

然而，時過境遷，中醫中藥新近研究越來越全面且專業化，並在全世界傳播，被世界教科文組織譽為世界文化遺產，「醫事衛生之障礙」說，現在看，過激了。

看佛骨

專程去法門寺看佛骨。瞻仰的長隊走得不慢，先是外院廣告牌上的介紹，講舍利的來源，歷代皇帝請觀舍利的佛事儀式，對寺廟的賞賜等等；進得內室，看了一層層套盒，和各色仿真舍利，玉的、金的、牛骨的等等；出了地宮，又走去一處新建的大廈，金碧輝煌，眾多和尚模樣的念著經，奏著樂，香煙繚繞，巨大的如來佛像金光閃閃，眾多金剛菩薩環繞，我四下看著，隨眾人穿過大堂，出了門才意識到，我竟然沒看見聚光燈下玻璃盒裡陳列的，真的舍利子！笑得眼淚都流出來──劉姥姥進大觀園？還是真的空即色，色即空了？

帶圖畫的

紐約的熱帶颶風桑蒂把老太太地下室裡經年累積與朋友家人的書信全部沖毀。老人痛不欲生，「我的一生，全完了，白活一世。」女兒見媽媽如此悲哀，在網上發貼，告訴大家母親的痛苦。老人在一個月之內，受到了兩萬多封信，從世界各地郵寄來，各式各樣，手寫的、列印的、帶圖畫的。

看來還不能對同類完全失望。

自大的時代

心理學家實驗證明，給人2-3條關於某種股票的信息，讓人對該股票做出判斷，與給5-6條信息後做出的判斷相比，正確率相差無幾。給更多的信息，比如10種以上，正確率沒有提高，反而下降，可與此同時，享有10種以上信息的人雖然多犯錯誤卻自信心倍增，信息越多越自信。信息時代是自大的時代，不是智慧的時代？「五色令人目盲」，難道老子又是對的？

合上書頁

紀錄故事片（Docudrama），錄影裝置藝術，和夢一樣真實，看到了，感到了，聽到了，還有細節、對話、質地、振動、時間的流逝，還有視角的變幻。就是不能如意地合上書頁，停下來，好好想一想。

那個冬天的雪

小津安二郎誕生百年電影回顧也許該稱作歷史紀錄片展，在城市家屋的背景下慢吞吞地把家事細細道來，就著那光，那帶響鈴的紙門，漢字店鋪招牌，寬鬆的和服，溫酒，工廠的煙筒，那個冬天的雪。都過去了，父親母親丈夫妻子，出走的女兒，出嫁的女兒，死去的女兒，賣身的姐姐，花花公子，小混混，小學徒，大學生，退伍軍人，公司男女職員在他們黑白的世界裡普普通通地愛恨相加生生死死……

我們五彩的世界：這橘紅色的夕陽，帶對講器的街門，電子顯示的幌子，緊腿仔褲，小灶啤酒，女兒自熱帶雨林旅途中打來一行電郵，春末的急雨把我丈夫的藍色短袖衫淋了個精濕。也普普通通。

平庸導致的邪惡

從德國逃到美國心口如一的大哲學家漢娜・阿倫特
（Hannah Arendt）在同名電影裡洋溢著成年女人的智
慧和感情。對她來說愛是永存的，永遠是現在時的，她
的愛只針對個人，不賦予哪個民族哪個國家。思想就證
明活著，思想沒用，卻讓人成為人，就像詩一樣。（最
後一點是我加的）。

平庸導致的邪惡（banality of evil，是阿倫特對現代集權
制度的一種批判）是否存在？平庸的「隨大流」、「緊
跟形勢」是否存在？平庸的道義冷漠是否存在？平庸的
「極度消費」是否存在？平庸的不思考是否存在？

平庸的不讀詩確在。

結束

各種有關「結束」，「世界末日」的想法，說法，佈道，寫作，影視到頭來均為杜撰。對活著的人。

對王國維、老舍、瓦爾特·本雅明（Walter Benjamin）、川端康成、傅雷、吳晗、張志新、監獄裡的劉少奇、被迫走進納粹焚屍爐的猶太人、朝陽醫院急診室裡喝農藥自盡的村婦、崩樓下壓死的上千名縫衣女、養雞場大火中薰死燒死的百位職工來講是真的。

雪

春雪——
好聽不好看。化泥的
前途你我分享。誰先誰後
靜觀竹笋出頭。

夏雪——
像一個無辜女人的名字
意味著虛構的竇娥？太陽裙的
細帶搖曳一池荷蓮，紅粉

秋雪——
秋風秋雨緊催。可從來沒見過
書裡的秋雪陪伴秋葉變黃
紛紛揚揚

冬雪——
大實話難討詩人
歡心。昨夜白毛風，吹出
一場火爆的鑼鼓

詩敢是最能包容的？

西渡和潘洗塵，兩個詩學相向的水世界：南方和北方，細密的點滴和大雨傾盆傾缸。一個神鬼狐仙天使，一個黑土玉米高粱。一個蜻蜓點露蜜蜂嚐花，一個快馬直路響鞭過河，一個繁紋簇錦纖秀得可掌中把玩，一個粗針麻線結實得能穿在腳上。一個駕鶴西行越陌生情緣越深，另一個熱淚滂沱越落泥越可撒種開荒。「上善若水」，詩敢是最能包容的？又是最低微的？

這還不是早晨

陀螺

被西安詩人伊沙譽為「短詩王」的朱劍,儀表堂堂,生於湖南,卻有長安詩歌群的風格,而且比伊沙更強調黃土本色,信手而來彷彿不假思索的短行,短思,關注緊周圍的人事,略嫌近距離窺淫癖,像他自己詩裡的陀螺被生活的鞭子抽打著圍著針尖大的污泥轉,或者一隻生在窄小籠子裡的老虎,惱怒地咳嗽氣喘,卻對籠子外面的世界有一種根本的拒絕。天分不錯,只是可惜了。

惡狠狠的筆名

西毒何殤是不是如伊沙所言「是80後詩人中最出色地一個」，我讀得不多不敢斷論，不過他詩寫得的確很有意思，像人一樣，健康大氣，率性自信因而對世界能盡與想像並充滿善意，如秦巴子言，「有著人性的正義與溫暖」。更像他詩裡從果園摘來桃子的祖母，把辛苦勞動的收穫分給村子裡所有打開門的鄰人。別讓他惡狠狠的筆名和書名給憎了，像我一樣把他在西安贈送的詩集《人全食》在書架上擱了兩年，昨晚才鼓起勇氣從頭看起。嘿，美滋美味，養分挺高。

這頭一把交椅誰來坐?

每次見香港詩人梁秉鈞都在旅途中匆匆忙忙,開會、訪問、朗誦、和人一起吃飯喝酒。不知為什麼每次都聊得那麼愉快,笑得前仰後合,響動過大,弄得旅店老闆不時跑過來,讓我們小聲,別的客人有意見了。詩人見面賣弄學問耍嘴皮子沒什麼奇怪,梁先生的本事是無論別人說什麼,他淺笑著款款在旁邊敲邊鼓,加一字減一字,或輕巧地變一字,就歧義頓生,把平常的敘事變成了非常奇巧的逗哏。而且他操國語英文都能讓人樂不可支。可以想像他在廣東話母語圈子裡一定更妙語連珠。這些年來,大大小小的詩人也見過不少,論詼諧倜儻梁先生可謂常勝將軍。就算不計性格開朗沒有大師架子,如果「與顯而易見為敵」是詩人藝術家的座右銘,梁先生化規範語言為幽默的敏捷,足以體現他的語言天賦和每日在語言裡摸爬滾打的磨礪。

現在,梁先生不在了,這頭一把交椅誰來坐?

敏感詞

艾未未／革命／廣場／槍聲／六四／十八大／共產黨／法輪功／毛澤東／文革／中共／YouTube／習仲勛／習近平／李鵬／鄧小平／趙紫陽／胡耀邦／New York Times／紐約時報／色情／男根／女陰／廖奕武／溫家寶／溫總理／劉曉波／諾貝爾和平獎／周永康／中國民主黨／胡錦濤／谷歌／Google／零八宣言／南方周末／民主／自焚／天主教／耶穌基督／達賴喇嘛／希特勒／西藏／獨立／東土耳其／勞動教養法／勞教／人權／權益／占地／新疆／城管搶屍／集合／遊行／抗議／公安／徐志勇／薄熙來／毛臘肉／違法運動／五毛黨／今天／和諧／翻牆／64……

這就是美國精神

水，潺潺緩流，彷彿停滯在正方形的大水池周邊，然後瀑布般轟然而下，沖入的水池中央的正方形的平湖，再一波一波地推入平湖中心同樣正方形的深潭，深不見底。留下讓人想像深潭裡相衝相撞的漩渦逆流。這南北兩座在紐約世貿中心雙子樓原址地基上修建的水池，水池周圍沼澤白橡樹林和正在修建的梯形博物館，就構成911國家紀念館。

水池邊沿的銅壁上刻有2001年9月11日當天，除了襲擊者外，所有遇難者的名字，還有1993年世貿中心首次被襲擊時，死亡的人員的姓名，一共2983位。出我意料，這些美國遇難者來自90多個國家，包括不少亞裔華裔的姓名也在其內。再想想，又不出意料，美國人除了土著印地安人都是外國移民。世貿中心又是紐約從事商業、服務業僑民移民聚集工作的地方。

有一棵60年代修建由日裔建築師山崎實設計的原樓時，種下的卡勒梨樹，在911大火中燒成一段8英尺高的樹椿，被建築工人移到一個公園養傷，不出幾年就恢復了30尺高的身條，早春開一樹繁茂的雪白梨花。不料兩年前一場暴風雨，把新紮根的梨樹掀翻，最後再次移植，種回世貿大樓原址，在年輕的白橡林裡，像位老態龍鍾的貴婦，由鋼索保護，以助她生根立定。

與那兩座讓人心寒，憤怒的深水池比，我更愛這蔥蔥鬱鬱的白橡林，「倖存者」梨樹，還有四周架著起重機與建中的新世貿一號樓（將成為美國最高樓，暱稱Liberty Tower，自由塔），二號樓，三號樓，四號樓，演出中心，交通中心，玻璃鋼筋通體閃亮，生機盎然，正「向著太陽穩健地伸展」：這兒就是紐約。這就是美國精神。

這還不是早晨

北京的百年老樹

北京剩下的百年老樹多集合在二環以內市中心的老城區：故宮的御花園、太廟（現在的人民文化宮）、中山公園、景山公園、北海公園、恭王府，為人山人海的遊客遮陽避雨，為新樹新花作背景添風采，也為野生動物提供必需的生存條件。城東遊人不多的孔廟和國子監，以及緊旁邊香火特盛的雍和宮裡也有不少老樹。老樹中最長壽的多是柏樹，也許因為柏樹最不易生蟲得病，樹脂有防腐作用？記得二十年前一個冬天回家探親，雖然天上陽光燦爛，卻被北京的刀子風刮得裹著大衣、穿著毛褲、皮靴、戴著棉手套、呢帽子、毛圍巾還凍得跳腳。孔廟大院裡，除了我們一行，只有上榜狀元的石碑和不落葉的老柏樹青青地陡立。看門的師傅在生著火爐的值班房，細細地拓著一塊平躺在地上的碑，這天兒逛公園？看我拓碑吧，屋裡暖和。接著就把拓碑的程序和用品一樣一樣講來，讓我們親手操。我還一一記在本子

裡，後來還去中藥店買了白芷，回到美國教一位住在
Vermont山裡的藝術家朋友怎麼拓碑。

選購了幾張師傅預先做好的拓片，和木刻印片，臨出
門，一直坐在旁邊圍著火爐聊天織毛衣的兩位大姐抬起
頭，你們看到貓頭鷹了？啊？大白天見貓頭鷹？在這鬧
市裡？好多隻呢，一待就是一季，立了春才飛走。你就
順著地上有鳥糞的柏樹望上看，就這院子大廟前。

我們將信將疑，裹上大衣戴帽子，果然就在大成殿前的
五六株老柏樹高高的樹冠裡，看見幾十隻正在扎堆打盹
的貓頭鷹，耳朵聳立，眼睛半睜半閉，一聲不響，從樹
下走過不注意看，它們彷彿樹枝間灰色的影子。

回到離景山不遠的家，興奮地告訴家人我們的發現，我
爸說旁邊機關大院的樹上也有貓頭鷹，領我們去看，也

是株高大的老柏樹，也有十幾隻貓頭鷹立在上面扎堆打盹。

也許下次回北京應該選擇隆冬，去看青青陡立的老柏樹和濃密樹冠裡集體避寒的貓頭鷹，再多穿些衣服，守在樹下，直到傍晚，等貓頭鷹飛出去覓食？也許它們還在？希望它們還在！

標語詩

曼哈頓從第八大道到第七大道42街的地鐵地下通道，每天二十四小時有多半的時間人頭聳動，向東朝時代廣場疾行的行人大隊，與向西換乘的行人大隊擦肩而過，走得有勁，腳步山響。通道的頂棚很低，灰撲撲地與腳下的洋灰地面，在昏暗水銀燈下，和旅客們基本沒表情的臉，看不清顏色的後背混成一體。二十年前偶爾抬頭看見一行白底黑色大字左起釘在天頂的條狀橫樑上，每走幾步就看見下一行：

so tired（真累呀）

maybe late（要遲到了）

get fired（被炒了）

why bother（別煩惱）

why the pain（別自找罪受）

just go home（乾脆回家）

do it again（再幹一遍）

黑白橫幅照片上一張沒人卻被褥不整齊的床

心情再壞也不由你不會心一笑。各種廣告換了又換，人事也變來變去，可這首標語詩多年來始終不改，也不知出自那位街頭藝術大師的設計？

趙雲的肚子

文革中偷看家裡的繁體豎排版《三國演義》，總忍不住反覆琢磨書前人物繡像上趙雲的肚子，子龍面目俊秀清爽，虎背蜂腰，帽頂飄穗，盔甲精美合體，換個女的就能說有傾城傾國之貌。可是不明白為什麼英雄蜂腰下小腹滾圓，而那時候除了老頭駝背挺肚，比如毛澤東，周圍的男人都瘦得下腹平展或凹陷，沒有見過有肚子的。後來到了美國才知道營養充足又健美的男人肚子上能長「六塊板」的肌肉。昨天在哈得遜河邊散步，見到一位赤臂青年男子太陽下迎面疾行而來，那皮膚光潔肌肉飽滿的肩臂細腰長腿和滾圓的小腹，雖然頂著金髮碧眼，但身材活像脫了戰衣的趙雲。忍不住回頭多看了兩眼。

必不可少的一味藥

看病和吃飯睡覺一樣是日常的一部分。有誰沒看過病呢？看病雖說常見，碰上了還是讓人心煩，還不提得病的痛苦，家人的擔心，耽誤的工作，醫生的診費、藥費、手術費、住院費、來來往往的交通費。最需要的是耐心，等預約，等掛號，等護士叫你的名字，等化驗，等拍片，等掃描，等結果，等診斷，等開藥，等藥房抓藥，等藥起作用，等病慢慢好。不好的話，從頭再來一輪。俗話說，病來如山倒，一是說病重的難過，更是說生活的場在一瞬間改變了。山都倒了，還有楊柳依依麼？還有小溪潺潺麼？山崩地裂泥石流滑坡之上，考慮如何支鍋搭灶，刨吃生營，參加家長會，寫教案，為同事的小孩做生日禮物。讓得病的人發愁的不是怕死，而是怎麼活，怎麼帶著病活。所以久病的人和病人的家人都變成很有耐心又很勇敢的人了。著急沒用，害怕也沒用。看病得病都要花費大量的時間，大量的精力，可和別的勞作比，看病得病一點成就感都沒有，也不光榮。

而是相反。天天與失敗感和自卑自責不懈地鬥爭，讓幽
默成為必不可少的一味藥。

逗點我們的前半生

二十年的婚姻，五十歲的丈夫，時間過得真快。還記得當初在一家叫「紅魚藍魚」的家常飯館吃飯，他眉飛色彩地解釋飯館的名字出自一首家喻戶曉的童謠，那快樂的神色讓我追問他的年齡，27歲。童心未泯。後來我們住在一起，在曼哈頓搬來搬去，再搬到西岸，家裡用品大都東拼西湊，朋友家人送的，別人搬家留下的，隨手在食品店雜貨店臨時買來應急的。一方面因為手裡銀子緊，一方面倆人都不愛進商店，對消費品牌沒有興趣。五十歲生日該怎麼慶祝呢？和朋友聚會吃頓飯，點蠟燭的生日蛋糕，外帶一瓶香檳酒？每年的生日都如此慶祝，顯不出五十歲的特色。想來想去，看看碗櫥裡酒杯架上，高高矮矮不配套的各色玻璃杯，五十了，半輩子過去了，家裡竟從沒添過喝香檳酒專用的細瘦杯口的「長笛」酒杯。看看鏡子裡的兩位都已頭髮花白，皺紋滿面。「五十而知天命」，任何奢侈品大概都腐蝕不了內心的堅持。就專門開車去百貨店選了一套四只捷克進

口的切口玻璃香檳杯，用這略超出日常的精緻逗點我們
的前半生。

新刷子

（梳著兩把刷子，拿著笤帚刷子，往階梯教室牆上刷大字報，你有那把刷子嗎？）橫刷豎刷全家上陣暑假裡給木板陽臺刷漆，熱櫻桃餅還是白蘭地還是純種馬？說得可都是地板塗料的顏色。三個人三個主意拿不準就刷成了花地圖，像太陽光落上的印記。毛刷子鬃刷子竹刷子塑膠刷子尼龍刷子牙刷鞋刷碗刷瓶刷刷鍋刷子。刷地板還有省力的滾刷，插上長把，不用下蹲很好用，只刷一遍就行了。他最想要的其實是稱為紅柏的更深的一種暖色。那就還需要一把新刷子。留下刷新自己的伏筆。

騎馬打仗

地雷戰地道戰奇襲白虎團平原作戰大刀向鬼子們的頭上
砍去小刀小刀會小兵張嘎刺向敵人心臟的匕首九一八
事變七七事變列寧在十月小姐們都昏過去了波羅的海艦
隊炮擊冬宮抗日戰爭解放戰爭鴉片戰爭甲午戰爭太平洋
戰爭獨立戰爭南北戰爭上甘嶺平津戰役淮海戰役平型關
戰役台兒莊戰役南征北戰血戰到底陣地戰游擊戰閃電戰
持久戰阻擊戰攻堅戰消耗戰西班牙內戰反攻作戰圍城打
援堡壘戰拉鋸戰黃繼光炸碉堡董存瑞堵槍眼五次圍剿四
次反圍剿爬雪山過草地兩萬五千里長征渣滓洞集中營地
下黨江姐紅岩孫明霞八女投江掃蕩反掃蕩百萬雄師過大
江跨過鴨綠江保衛珍寶島瓦爾特保衛薩拉熱窩英雄兒女
拋頭顱灑熱血閃閃紅星雞毛信三光政策國軍八路軍新四
軍日軍偽軍共軍美軍紅軍白軍德軍蘇軍關東軍遠征軍晉
軍川軍東北軍義勇軍解放軍志願軍十字軍中央軍鐵道游
擊隊壯士斷腕南京大屠殺同盟國軸心國曼哈頓工程偷襲
珍珠港廣島長崎列寧格勒盧溝橋雨花臺黃花崗菜市口巴

爾幹半島金門虎門釣魚島中途島解放臺灣反攻大陸歡呼
中國第一顆原子彈試驗成功氫彈燃燒彈汽車炸彈自殺攻
擊二戰韓戰越戰冷戰聖戰軍備競賽兩伊戰爭中東戰爭海
灣戰爭打伊拉克打阿富汗雷達探照燈高射炮破擊炮火箭
筒激光導航坦克裝甲車常規武器核武器二炮黃埔軍校西
點軍校北洋水師八三四一部隊第七艦隊兵工廠手槍步槍
喀兵槍衝鋒槍機關槍紅纓槍刺刀槍颯爽英姿五尺槍手榴
彈手雷地雷魚雷步兵騎兵炮兵工兵傘兵民兵深挖洞廣
積糧防空演習軍訓瞄準射擊投擲鳥槍換炮了陸軍海軍
空軍海軍陸戰隊特種軍打靶歸來紅色娘子軍班長排長
連長營長團長軍長軍團長將軍元帥首長巴頓將軍十月
革命一聲炮響黨指揮槍槍桿子裡面出政權革命不是請
客吃飯不是作文章不是繪畫繡花鴻門宴花木蘭霸王別
姬荊軻刺秦王赤壁周郎十面埋伏車馬炮殺機四起五卅
五四六四二二八九一一恐怖事件直升機武裝直升機偵察
機戰鬥機米格戰鬥機隱形戰鬥機轟炸機殲敵機運輸機微

型無人駕駛機中山艦航空母艦驅逐艦登陸艇潛艇核潛艇巡航艦飛行炮艇製導炸彈集束炸彈空爆炸彈靈巧炸彈飛毛腿導彈愛國者導彈地對空導彈巡航導彈戰斧巡航導彈多管火箭發射系統超低空飛行信息覆蓋下聯合作戰反恐精英大規模殺傷性武器衛星爆破全球定位精確製導武器化學武器生物化學武器世界大戰星球大戰星際大戰

想不玩兒都不成麼？

我的中國結

李興泰李光遠李玉然李若然

李大明李秋霞李光定李光遠李光達

李光宏李紅李亮李玫李晶張泉香張立人張立美

李光晉李光容榮自芳張繼錕張健之李愛華李光旭

李光昶李光明章學友章雯章敏李燮元李光宇李堯義

李俠義李德義李明義張家濱張家渝張家湖張淑珍李克

張伯亮張伯明張伯偉張小欽張英杰賈珍馬春香蘇佩斯

張其真張恒明張恒宇張恒友檀雙月駱首珍宋孟澤

孔令懿張恒琪張恒瑞張恒璉張恒琇張恒嘉張恒欣

鄧秋雲陳劍南周炳周佩珊周楠心趙楊徐孝民

張泉增楊震宇李昊陽張玉珮張立行張立忠

張家琪江琳江虹江波高晉康高怡波雷潔

穆永平穆浩歌沈周杜川楊偉成

沈鯉徐婧李沁平李耀宗

無的四季歌

民事刑事公共權益程序正義
如一枝新綠吐芽，佩桃花重點
自由的日影，若短若長

管他呢，汗與淚的區別
透雨過後一切重來。血
即使沒有指紋，也同樣流出冤情

天的概念在晴朗的秋風裡
出牆，輿情與城管刷臉
通篇像枯黃的楊樹葉翻飛稀裡嘩啦

不是口糧更不是招牌
不是你不是我也不是他的柴禾
水結成冰，泰山乎？鴻毛乎？被執行乎？

事的四季歌

岸上的青草，明天的青草，
細雨毛茸茸，而生在心坎的草
鋤也鋤不盡，蕭紅說。

出水的就要面對，茁壯而簡直
攪拌遺忘的深淺和幸福感
易碎的沉積。只有風追問，蓮葉何田田？

算帳和收穫關於過去也關於未來
這時候這裡寫下的一行挑剔這裡這時候
躲在葡萄架下品嘗白雲的無為。

看不透這場肥皂劇，猜不出黨魁心計
避不開河邊污泥，聽不清錄影裡村長在說什麼
只覺得經濟不是泡沫，百姓不是，雪也不是。

生的四季歌

聊天聊到崔鶯鶯，酒該喝完了
走出來的心不再叫春，不論是不是唐代的
那就生個會飛的女兒吧，男人說。

夏坐在哪裡？獨木舟還是顛簸的公交？
灰塵四面揚起，看你走去的後背在屏幕上
一上一下不褪色，永遠盛開，永遠搖曳

落葉落到陽臺上，揭開新的一頁
用記不清的黃金模糊出想像中的
真身，年長的季節不由得血色鮮艷

萬年陶土千年緣分，神女飄忽而至
思念的白紗裹挾這裡的悲欣，煤渣和北風
路上行人避避縮縮仿若新年氈帽上的冰碴兒。

非的四季歌

是你嗎？總還帶著那枚苦瓜旅行？
踏上雲路，在隨意舒展的天空尋覓更有情調的
居所。病痛改編程序，在籬笆外面桃之夭夭。

這個世界缺了你溫暖的筆觸，委屈還在
冤枉的眼淚聚成更深的海。受傷的心
還沒得到公正的裁決。歷史的浪花在烈日下蒸發。

蕭殺的空氣粉碎著所有的夢，壓低聲音又算什麼？
自然生長的身體倒伏，堵住家門口的溝渠
淤泥，垃圾，廢水，廢氣，收穫今天的月亮。

寄希望於孩子們在未來聽懂你的聲音
拆除圍牆和窗上的鐵柵，不掛旗幟也不貼商標
讓雪片自由地灑向每一個郵箱每一張書桌。

從這兒向你仰望。

——獻給梁秉鈞

這還不是早晨

用肉眼選擇

小時候家裡有一張北京地圖，寶貝似的用塑膠紙包著，從外地來了親戚就攤出來給他們指路，查路線。天安門在哪兒，天壇在哪兒，日壇呢？動物園呢？我和哥哥都靠它在父母指點下學會看地圖。那時候地圖沒有年份，彷彿地方和時間沒有關係。雖然報上也整天說天翻地覆，可那是說無產階級文化大革命，與地圖沒關係。九十年代初去成都玩，翟永明說地圖沒用，好多老街都拆了，找不到就問出租司機吧。他要不知道，能打手機問。一上街果然如此，好多新鋪的路連名字都沒有，也沒有紅綠燈，四條車道的十字交叉口車擠車，人挨人，大眼瞪小眼，誰膽大誰先走，比羅馬八九道街口的大轉盤還嚇人。後來北京的地圖就有了年份，好像每年一版，而且字越印越小，要覆蓋的地方越來越大，公交地鐵線也越來越多。地圖有了時間性，就彷彿有了生命，有的壽命長，有的短。去年到美國西岸風景如畫的海濱城市聖地亞哥度假，看親戚。舅舅舅媽全靠GPS定位，

就放在駕駛台導航系統旁邊，兩個系統相互參照，精準到向前30米左轉，向前5米停車，乾脆不用地圖。可是我們玩了很多地方，卻對聖地亞哥市沒有整體概念，連海在哪個方向都不清楚。這讓我懷念起鋪在桌上，能反覆琢磨，能用肉眼選擇宏觀或微觀，紅紅綠綠的紙地圖。

在北京上街

你能想像把人行道上的障礙物搬到車道上去嗎？還甭說公交快車道，就是自行車道都不行。報攤，早餐攤，地攤，小販的推車，隨手停放的自行車，正在掉頭的汽車，合法不合法的停放的汽車、摩托，隨手丟的垃圾，裝修翻蓋用的沙石，磚瓦，水管，電線，占了人行道大部分面積的花壇，樹池，高一塊低一塊的地磚，被拆除的老建築的木桿鐵管的殘端突出地面，好像專門隱蔽在路燈照不到的地方絆人。人在人行道上繞來繞去，側身穿越障礙物，比打電子遊戲運用的技巧多得多。看來我們的確是萬物之靈，比汽車靈也比自行車靈，單單為自己出難題考試。通不過就是一跤。攙著年近九十歲的父母在北京上街，不敢走神，要全力以赴不斷掃描人行道上下一個障礙物，還得用身體擋住沒有耐心等老人通過的搶行與推搡。真想不出殘障人如何出行。

桂花南京

沒有雞的雞鳴寺，沒有總統的總統府，虎踞龍蟠，金秋南京有滿眼桂花，有金陵詩頁，詩頁裡見到子川、育邦、胡弦、黃梵、梁雪波。書案鋪展詩人的墨跡，揚子江攪起詩人的苦心和回憶。頑石之歌，碩鼠之歌在一堆平常的詞彙中找自己的詞兒，被綁住的翡翠虎先於語言變軟。我們能留下什麼核心呢？酥口核桃仁嗎？我們又將成為什麼顏色？古海底上城牆巍巍，抑或月下秦淮河靜靜流淌？賽珍珠塑像前合影留念，紀念這位先被曲解，後被忘記，熱愛中國文化，熱愛中國人民的美國寫手，佐簡餐素食真菌的死結。我們登高，我們焚香，迴形針似的翻譯難題比得上，沒有蟹鉗，如何優雅地在主人面前吃淨秋蟹。下手抓住，再用嘴啃嗎？然而如何操練金剛鑽，才能琢磨詩意的光潤度？我們講究漢詩，談的其實大都是幾率是政治是糧食問題和環境資源，還有中國近代史。

久違了，桂花飄香，桂花飄香，南京的氣味，南國的氣味，中國的氣味，難得藍天如洗，張子清教授策劃的計謀真是好。這桂花的香氣的確是金黃色的。

我有錢了

北京名小吃冰糖葫蘆與葫蘆無干，也不知道這名字怎麼來的。山楂果，又叫山裡紅，洗淨連核一起用竹籤串成一串，少則五六顆，多則十來顆，留下一小截竹籤不穿拿在手裡，把山楂串在濃濃的熱糖汁中打個滾，然後擺放在油紙上冷卻，糖汁變硬變脆像冰一樣爽了，就是小孩子邊跑邊拿著吃的又甜又酸的冰糖葫蘆了。還見過用山藥和山楂一起穿成的糖葫蘆，不如光用山楂穿的好吃。小時候，糖葫蘆只在冬天賣幾個月。東華門大副食店門外擺個玻璃櫃，上面照著燈，裹了冰糖的山裡紅在燈光下閃著金琉璃的色澤，遠遠就在長長的冬夜裡看見了。嘴裡不由唾液橫流，腿就不由自主地加快速度穿過大街圍上去，看售貨員擺弄糖葫蘆。見有人買，就看著人家一口一口地吃，自己也把唾沫一口一口地往下嚥。就像自己也正吃著一支。

現在的冰糖葫蘆在工廠裡生產，套上紙袋，凍在冰箱裡，夏天推在公園裡賣。前兩天，八十歲的家母看見五十歲的我對著景山門口陽傘下插著冰糖葫蘆樣本的小攤發呆，就說，去去去，買根糖葫蘆吧，我有錢了。

芒果與文冠果

1968年毛澤東送芒果，1976年江青送文冠果，這一對強權夫妻的愛果姿態都跟政治的關聯比與果實密切。收到芒果的工人宣傳隊不敢吃，就把芒果塗上蠟供了起來。沒收到芒果的為了表忠心，乾脆做個假的拿去頂禮膜拜。芒果芒果盲從的結果也。那文冠果原是中國北方土生土長的野樹，抗旱、抗寒、耐瘠薄土壤。現在培植推廣，列入國家五年計劃，成為重要的經濟油料樹種。江青沒管成國（文官果，文管國），倒提升了這樹的知名度。然而怎麼才能好好吃個果子，而不用果子的名稱弄權搞陰謀呢？

秋天來臺北參加詩歌節，聽朗誦，看舞蹈，大嚼新鮮熱帶亞熱帶的特色水果和食物，蓮霧（Wax Apple, *Syzygium samarangense*），百香果（西番蓮，Passion Fruit, *Passiflora edulis*），芭樂（番石榴，*Psidium guajava*），玫瑰茄（洛神花，*Hibiscus sabdariffa*），檳

檳花（*Areca catechu*），仙草凍（*Mesona chinensis*），
都是以前沒吃過的，想到的卻是文革時荒誕的故事。

人間

寫作是為了紀念
還是為了忘卻？

在天與地之間選擇一隻鳥
還是一行詩？

羅思容還是鄧麗君？
周夢蝶還是梁秉鈞？

在搖晃的公車裡看微博
還是看窗外更不真實的存在？

躲在運行時間的外邊抽煙斗
還是最好待在車廂裡？

是這煙致癌，還是那桶摻了
貪心的油？你認識她？

這個紅包屬於誰？過世的華國鋒
還是六個月的余小龍？這只是一輪

概率遊戲嗎？在場
當然在場了

在這裡，還是
別處的集合？

你能分辨天使翅膀上的
霧與霾嗎？

這是我的清湯麵，而不是
她需要滋補的魚頭豆腐？

那把希望的藥壺裡，醫生們
裝的到底是什麼？

這條麻紗裙在晚飯前
能風乾嗎？要不要化妝？披肩

是不是可以再花哨些
才能註銷此刻掛在臉上的失落？

你那裡幾點鐘，現在？
不能再微笑的女人，是因為

微笑需要人間的力氣，還是
天馬上就要下雨？

＊　＊　＊

我願，還是
我存在？百香果的問題。

一個哲學問題
其實是個生物學問題？

大舅二舅三舅，這枚
皺巴巴的果子叫什麼？

好了，空調機終於安靜了
聽清楚什麼鳥在叫？亞熱帶的

唧鳥，季鳥，知了，蟬
還是伏天兒？站上他詩裡寫過的鳳凰木

或者麵包樹、白千層
烏心樹、樟楠、烏桕

青剛櫟、鵝掌柴、木棉
枇杷、木姜子、水黃皮？

心急得用筷子
在深紅的果皮上

鑽孔，還是
去街旁便利店

買來小刀，24小時
不停頓地切開

熱情？濃烈的汁液
裹住飽含期望的黑籽，要喝下

還是展開百香的雙翼
掠過這個不熟悉的島嶼？

鳥飛翔的路線
我無法重複

無法重複的
才是野的？

那我們都是
揮發著百香氣味的

野物了？
生翼的狼？

鏟不盡的野草？
百香，百香

熱情怡然化作口水，百香橫溢
化成土還是化成漿？

在哪裡？

＊　＊　＊

怎麼寫一本暢銷小說
描寫跨國戀情？怎麼出售這枚

過熟的芒果？而不販賣左心室
搭上右心房？手加上腳？

販賣人口的有罪
販賣自己呢？

你聽見了孩子的心跳
還是母親的？

還是風吹落
寫過的黃紙？你

從哪裡來，阿米？
如果不要上學上班坐禪

「要歌要舞要學狼」嗎？
舞刀弄劍在碧湖還是碧潭？

從中山堂到南港招待所
從四川到河北

一路上看見的
都是要忘記的嗎？

我們能記住什麼？
要記住什麼？

未生者
又將為什麼心跳？

兩岸三地，旗
不都是紅的嗎？

血呢？
詩呢？

地球不是
圓的嗎？

黑無常白無常
什麼樣的門神

能抵擋
他們哥兒倆？

什麼樣的樹
魚木？

土地爺，土地奶奶
媽祖，觀音

佛祖，你們案前的
香火還不夠旺嗎？

鮮花不夠多？祭天的
店鋪還不夠慷慨嗎？

花落知多少？
花落知多少？

什麼花？
木本牡丹？

蝴蝶蘭？傍晚野薑花醉人
還是這樹臘梅的未來？

老女文青戴上
老男人的花鏡仔細閱讀──

面前日益高疊的
花樣紙葉。知多少？

* * *

秋天的新意在哪兒？

除了天高氣爽
風漸涼？候鳥為誰

遷徙出霜降的
神情？披茅草的

西王母，燒金紙的
海王神，為什麼不可以

回答我的心願？
起飛的可行性？

嚮往病癒？
嚮往神啟？

嚮往儘快結算後
輕盈的精神？

嚮往這裡
一個生命的

個性？任脈
與督脈獨特的關係？

一行沒有地址的詩？

小巧的、精緻的、委婉的
還是粗獷的、豪爽的、簡直的？

形容詞，動詞，名詞
還是一個地方？手

舞動的角度是甜的
還是苦的？汗，流下

她依然年輕的額頭
你準備好了嗎？

怎麼抵達，那一刻
皮膚的鹹腥？此時，秋

竟如此安靜。

＊　＊　＊

這還不是早晨

透明梯形玻璃出入口
能不能取代羅浮宮的焦慮？

暗箱裡百年沉積、鍍金的
泥土石頭，和不能飛回去的

竹林？蔽日，蔽擁有十德的居室
小池塘，你種的薔薇在哪兒？

那個吊起來的先行者，孩子
愛喝的深色扶桑，蜜汁和

耐心的五彩漆線工藝
阿芒不耐心的紅尾蚺在哪兒？

「媽媽，給我做舅媽的麵條兒！」
她在哪兒？歌仔小咪

一個人就能唱老旦和老生
就算有自己的歌聲了？

鹹光餅、肉鬆、逗陣清水崖
排著上學的路隊

在水返腳把漳州人打敗？
小咪的臉書博克印刷品大師獎

都不如小咪的歌喉
千人一面？抱歉

我很忙，抱歉
我很焦慮，抱歉

我患憂鬱症，抱歉
我只有一次機會

把自己急急地
活過一遍。顧不上你

顧不上小咪，也顧不上
秋天。顧不上

所有的所有
過去的過去

羅浮宮
十德居

你會原諒我嗎？

＊　＊　＊

她的歌聲和舞步
神壇前，背心濕漉漉

熱，是汗水，還是
肚子裡的眼淚？

腳下的落葉，冬笋，母貓
剛生了仔，桌上的青魚

和什錦小炒，還不是
天堂裡的景致？好歌

好米酒，好朋友，遠方的
消息，毒澱粉，棉酚，沒有花生的

花生油，辣椒精
三聚氰胺之後的牧歌

該怎麼鑑賞？草原上
白雲烏雲，和雲彩下

塑膠羊群的塑膠後代
也屬於我？

寫下的
都是該忘記的？

寫下，是因為
我們不能記住？歌聲呢？

這一刻的蕨草呢？
那麼綠，那麼動人地

舒展，只一點點
枯萎襯托著

希望的新葉，還是往事
默默，被一雙長眉

在歡樂和遺忘之間
嫵媚？媽媽老了

像個小孩子
眼睛癢了，坐在馬路邊

用雙手，用雙手
使勁揉。像個小孩子

不聽說。惟有從這張照片上
專注地看我，告訴我什麼？想

告訴我什麼？八十年前
爺爺樂呵呵

抱著孫女看花燈，鬍鬚上
掛滿花燭淚？樂呵呵

愛
即使復燃一千遍，依然

滴下絕對的燃點
滴下絕對的熱

是幾度？
幾度山，幾度水？

幾度花開花落？
熱？

＊　＊　＊

這條只容一人通過的窄巷
磚牆，石頭縫裡潮濕的軟土

在看我嗎？處女蕨
在這裡叫鐵線蕨？你肯定地

點頭。那分類學
雙名呢？又是什麼？

前面轉彎處摩托車托兜裡
裝滿今晚家宴的主菜，還是

明天辦公室的便當？阿廖說
是一盞燈，古典的燈。

已經被陳東東
點在石頭裡的燈？

今天？今天
是禁忌。敏感詞。

今天兩個人
一齊走

這條投滿蔭影的小路
就一定要有什麼事情發生？樹

會穿過屋頂，去挑戰
已經被鴻鴻鬆動的磚石？

窗框塌陷，更折射身邊
領路者可掬的敘述？

那心路旁邊也會有
來歷不明的雞蛋花、黃蝦花

經典素菜調侃客家人語法？海
和面海的媽祖竟允許我

在這裡拖拖拉拉，停下腳
去分辨牆縫裡碧綠蕨葉

下面的孢子形狀和
自己特有的顏色？走錯了嗎？

那就再彎回去
重新改過？細巷

細細地流向
我們不懂，卻必定抵達的

深藍？這就是
最常見最真實的

腎蕨了？這些碎葉
在我的掌中不被記住

你們另外的名字
叫什麼？

——寫給黃粱（臺北詩歌節，2013秋）

這還不是早晨

這座空中樓閣剛挑起

正在醞釀的明月，四季海棠

杜梨和薔薇。那新芽就把明天的影子

投上臺階，像蛇的小尾巴

把前生的忘卻用詞語擦亮，儼然

一面鏡子。風可以吹散塵土

打掃花朵不變的燃燒──

一陣呼嘯之後，砧木上人頭落地

讓大地的縫隙緊抓戰場的果子──

一樣、不一樣：

這還不是早晨，還不是

結在枝上的用意

副歌：

一陣呼嘯，人頭落地

這還不是早晨，還不是

結語　自然與詩

一年一度的青海湖詩歌節，首屆的命題作文是「詩人是自然之子」，談對青海湖詩歌節的感想。粗一看，這個命題的成立該沒有問題。人從猿進化而來，從自然托生，詩人當不例外。細一想，說詩人是自然之子，卻有點泛泛。為什麼猿不是自然之子？虎狼豺豹為什麼不是？即便人類是自然之子，也還說不清詩人這個特例，詩與自然的關係。

首先考慮語言與自然的關係。西方哲人詩人學者，從黑格爾到海德格爾到當代詩人到語言學家，自然生物學家，眾說紛紜，對這個複雜的關係作過不少深入分析。假使我們不去考慮人類以外的動物有沒有語言日益激烈的爭論，把語言劃定為人類屬性，我們便面對語言在人和自然的關係中扮演何種角色的問題。語言是人對自然的命名，是人之所以為人，與自然相對，從自然脫出的第一步。語言體現人的認知，而不是自然的狀態，自然不知不覺地存在。這個存在不需要人的參與。命名體現某種居上的姿態或者說視角，提示距離和主體客體的關係。從自然到語言，很難把這個關係稱為一種親子的承傳。語言對立於自然。

當然，漢字的構成與西方文字不同。漢字中包含自然的形象，比如象形字和從這些象形字生成的詞根。「日」像天上的太陽，「月」像晚上的月亮，「蟲」像分節長腳的蠅子，「火」跳躍地燃燒。如果說這種對自然的形象描畫曾經呈現出一派對自然本體的尊重，漢字很快就走向對自然的詮解、分析和命名了。「明」集合日月之光，雖然有兩個象形詞根組成，這種組合的邏輯就已經把人的認知放到與自然平起平坐的地位了。到了後起的形聲組合，比如化學名詞「烷」，植物學名詞「橡」，字中包含的自然因素就被降低為分類學條列的欄目了。語言是自然之子嗎？更像自以為是騎在母親脖子上拉屎的小霸王，最多是不孝之子。

　　那麼詩人與自然的關係呢？如果我們接受詩人是語言藝術家的說法，依靠刻意凌駕於自然之上的語言寫作，詩人遠離自然，背叛自然應該是種更合邏輯的常規。想依靠語言描述接近自然很難很難。斯坦因「一朵玫瑰是一朵玫瑰是一朵玫瑰」似乎訴說著詩人面對自然自在的玫瑰的無奈。面對青海湖詩人能說什麼？我們泛舟，游泳，散步，閒坐，摘採野花，在自然裡，只要別開

口。一開口我們就站在自然的對面了。以自然比興，以自然為人事的背景，利用自然，剝削自然。或者喃喃自語，說我們自己的事，我們不可能與自然「對話」，因為自然什麼都不說。說了就不自然。沒有「自」沒有「他」的時候，才可以「然」。所以，在傳統意義上的「自然」詩總站在自然之外，對立於自然，極難逃出對自然極度化簡，又同時情感化地漫畫式地曲解。

　　如果我們把自然定義為人之外的所有存在，無論這些存在我們能不能理解，能不能利用，除了敬畏，詩人能從自然學到什麼？自然展示各種各樣的存在形式，多樣化龐大複雜的系統組織方式和相互關係；自然循環再生，重複利用；自然界無善無惡，生物鏈環環緊扣，因而可以說無重無輕，無高無低，看上去暫時無益卻長遠有益。自然運作著巨大的適應力轉化力，頑強地生生不息。自然不求新異，卻為生存漸進演化變遷，自單一至多樣……詩人能不能學著自然的方式，在詩的世界裡，處理對待語言和語言的各種存在形式、表達形式？在這個精神的世界裡，如何允許鼓勵語言生長，變化，多彩多義，舒展自在？這些皆是我

這三四年來在寫作中不斷考慮探討的問題。在溫帶雨林裡過家，在北京紐約臺北南京西安這樣的大都市短住，希望這裡收集的詩作如森林裡抑或行街樹蔭枝頭片片碎葉，展現著四季天光的明晦，冷暖，新芽，枯枝，蟲蝕，凍雨，思緒，心情，和路過的蒼蠅。

換一種角度，詩人能為自然做什麼？詩人對自然有沒有責任？詩人有沒有一把萬能鑰匙解決全球變暖，環境惡化等社會問題？也許這是青海湖詩歌節組織者出題的本意？

詩人張棗生前曾經提問，「誰來將我們抱入庇護？」

惟有詩，惟有自然，哪怕已經被我們用舊了破損了。

張耳

奧林匹亞－曼哈頓－臺北－北京

寫於2009年～2013年

讀詩人55　PG1237

 這還不是早晨
　　　　——張耳散文詩集

作　　　者	張　耳
責任編輯	黃姣潔
圖文排版	連婕妘
封面設計	蔡瑋筠

出版策劃	釀出版
製作發行	秀威資訊科技股份有限公司
	114 台北市內湖區瑞光路76巷65號1樓
	電話：+886-2-2796-3638　傳真：+886-2-2796-1377
	服務信箱：service@showwe.com.tw
	http://www.showwe.com.tw
郵政劃撥	19563868　戶名：秀威資訊科技股份有限公司
展售門市	國家書店【松江門市】
	104 台北市中山區松江路209號1樓
	電話：+886-2-2518-0207　傳真：+886-2-2518-0778
網路訂購	秀威網路書店：http://www.bodbooks.com.tw
	國家網路書店：http://www.govbooks.com.tw
法律顧問	毛國樑　律師
總 經 銷	聯合發行股份有限公司
	231新北市新店區寶橋路235巷6弄6號4F
	電話：+886-2-2917-8022　傳真：+886-2-2915-6275

出版日期	2015年9月　BOD一版
定　　價	250元

國家圖書館出版品預行編目

這還不是早晨：張耳散文詩集 / 張耳著. -- 一版. -- 臺北
市：釀出版, 2015.09
　　面；　公分. -- (讀詩人；55)
　BOD版
　ISBN 978-986-445-031-2(平裝)

851.486　　　　　　　　　　　　　　104011810

讀者回函卡

感謝您購買本書，為提升服務品質，請填妥以下資料，將讀者回函卡直接寄回或傳真本公司，收到您的寶貴意見後，我們會收藏記錄及檢討，謝謝！
如您需要了解本公司最新出版書目、購書優惠或企劃活動，歡迎您上網查詢或下載相關資料：http:// www.showwe.com.tw

您購買的書名：_____

出生日期：_____年_____月_____日

學歷：□高中 (含) 以下　　□大專　　□研究所 (含) 以上

職業：□製造業　□金融業　□資訊業　□軍警　□傳播業　□自由業
　　　□服務業　□公務員　□教職　　□學生　□家管　　□其它_____

購書地點：□網路書店　□實體書店　□書展　□郵購　□贈閱　□其他

您從何得知本書的消息？

　　□網路書店　□實體書店　□網路搜尋　□電子報　□書訊　□雜誌

　　□傳播媒體　□親友推薦　□網站推薦　□部落格　□其他_____

您對本書的評價：(請填代號　1.非常滿意　2.滿意　3.尚可　4.再改進)

　　封面設計____　版面編排____　內容____　文／譯筆____　價格____

讀完書後您覺得：

　　□很有收穫　□有收穫　□收穫不多　□沒收穫

對我們的建議：_____

_____

_____

_____

11466
台北市內湖區瑞光路 76 巷 65 號 1 樓

秀威資訊科技股份有限公司　　　收
BOD 數位出版事業部

⋯⋯⋯⋯⋯⋯⋯⋯⋯⋯⋯⋯⋯⋯⋯⋯⋯⋯⋯⋯⋯

（請沿線對折寄回，謝謝！）

姓　　名：＿＿＿＿＿＿＿＿　年齡：＿＿＿＿　性別：□女　□男

郵遞區號：□□□□□

地　　址：＿＿＿＿＿＿＿＿＿＿＿＿＿＿＿＿＿＿＿

聯絡電話：(日) ＿＿＿＿＿＿＿＿＿　(夜) ＿＿＿＿＿＿＿＿＿

E-mail：＿＿＿＿＿＿＿＿＿＿＿＿＿＿＿＿＿＿＿＿